# 菲來鴻福

上

文創風 852

夏言 著

# 目錄

# 序文

夏言

從2017年開始創作到今天，我已經寫了很多本小說，既有現代的，也有古代的。現代小說有長有短，卻喜歡用長篇來寫古代小說。

《菲來鴻福》是我創作以來，寫得最短的古代故事。

於我而言，雖然短，但創作過程不太順利，因為跟以往的風格不一樣。同一種風格的作品寫太久，便想嘗試另一種風格。新作跟舊作最大的不同，是男女主角之間的互動更多了，也更加細膩。舊作中的互動也不少，但沒有新作的多。

還有一點，我已經習慣用七、八十萬的字數來講述古代的愛情故事，突然縮短到二十幾萬字，即便早有大綱，寫起來依然不太順手，修改開頭無數次，才漸漸找到感覺。創作中，也不斷提醒自己，一定要注意男、女主角感情的推進，以及劇情節奏，但過程依舊艱難，字字推敲斟酌。

寫完的那瞬間，我感覺到一絲成就感，回頭看看這幾個月的成果，很是滿足。雖然還有很多不足，但思路被打開了，也看到轉變風格的可能性。

本以為這套作品就此畫上句號，沒想到，文章完結沒多久，出版編輯就來找我了，讓我非常驚訝，也很驚喜。這不是我出版的第一本書，但對我來說卻有著別樣意義，鼓勵自己嘗試新風格，並肯定了這番努力。

至此，這個句號不僅圓滿，而且閃閃發光。

在這裡，我要感謝幫我推薦的編輯殊沐，在百忙之中答疑解惑；感謝選中這部小說的狗屋出版社編輯，給我這次機會；感謝協助修潤、校對文字的編輯們。

謝謝你們！

# 第一章

承新元年，初冬。

承新帝在初春時節登基，距今快有一年，原本有些動盪的朝堂慢慢平穩下來。

這一年裡，發生了很多事情，最大的一件，便是八月時承新帝把其親叔父，之前有望登上帝位的睿王衛岑瀾發配到極南的荒涼之地。

此事甫一提出來，便遭到朝臣反對。

雖然承新帝當下沒說什麼，可沒過多久，第一個反對的人，便被他以莫須有的罪名打入獄中。

至此，再無人敢為睿王求情。

為了不落人口實，承新帝是這樣說的。「這些年我大齊跟鄰國比，弱了不少。王叔能力卓絕，正適合為朕、為大齊開疆拓土。」

衛岑瀾答應，帶一家人去了極南荒涼之地。

距離事情發生到現在，已經三個月，祁雲菲看著手中的信，嘆了嘆氣，起身對一旁的侍女道：「伺候本宮梳洗，本宮要去見皇上。」

侍女恭敬應是。

祁雲菲是當今的皇貴妃。出嫁前，她是定國公府的姑娘，不過，她是庶出兒子的庶出女兒，很不得寵。如今去了荒涼之地的睿王妃祁雲昕，則是定國公府嫡出兒子的嫡出女兒，備受寵愛。

定國公府來信，說祁雲昕受夠了南邊的荒涼，想回京城，要她去找承新帝求情。信裡吩咐，不用調回衛岑瀾，讓祁雲昕回來就好。若是不行，就懇求承新帝答應祁雲昕跟衛岑瀾和離。

定國公本可以親自上摺子稟報此事，無奈承新帝對衛岑瀾的事情非常忌諱，沒人敢觸怒龍顏，這才找上寵冠六宮的皇貴妃祁雲菲。

梳洗打扮後，祁雲菲走出了殿門。

說起來，她跟祁雲昕是同一日出嫁。不同的是，祁雲昕是嫁給衛岑瀾當正妃。衛岑瀾是先帝一母同胞的親弟弟，先帝對他很是寵愛和信任。據說，先帝一直想把皇位傳給弟弟，而不是自己的兒子。

至於她，是給先帝的二皇子，不怎麼受寵的靜王殿下，也就是如今的承新帝做妾。

出嫁那日，祁雲昕被八抬大轎抬出前門，十里紅妝，滿京城的人都出來看熱鬧。

而她，懷裡抱著一個小小包袱，走到後門，坐上一頂半新不舊的小轎，悄悄入了靜王府的後門。

成親後，因著地位低微，祁雲菲很少出門，只在靜王府的宴會上見過祁雲昕幾次，卻當真難忘。祁雲昕滿頭珠釵，身著王妃華服，高高在上睥睨著她，如同在定國公府時一般，把她當成丫鬟使喚，命她親手伺候她，端茶倒水。

孰料，不過短短三年時光，便發生天翻地覆的變化。

最有可能登上帝位的衛岑瀾沒有登基，而不被先帝重視的靜王坐上皇帝寶座。原本不受寵的她，在承新帝登基後，被封為皇貴妃。整個後宮，除了皇后，就屬她最尊貴。她被封為皇貴妃那日，無論是定國公府的人，還是祁雲昕，全跪在地上，向她磕頭慶賀。

她還記得祁雲昕臉上的猙獰，那是一種不甘至極、嫉妒至極的神情。

此時，一陣寒風吹來，祁雲菲緊了緊身上的粉色披風，收回思緒。想到自己要去求的事情，神色有些凝重。

承新帝對衛岑瀾的態度非常明顯，他厭惡衛岑瀾。確切地說，是忌憚。

當初為衛岑瀾求情的人，全被他處罰了，她未必能落得了好。

她知道定國公府的人沒安好心，故意拿她當出頭鳥。只是，她不得不做，因為最記掛的生母柔姨娘還在定國公府裡。

定國公的信上說了，若能辦成此事，就把柔姨娘的賣身契給她，准許柔姨娘離開。

父親嗜賭，嫡母心狠手辣，親娘軟弱可欺。這輩子，她最放心不下的就是柔姨娘，如果柔姨娘能因此脫離定國公府，即便被承新帝責罰，她也甘願。

祁雲菲走到大殿外，一番通傳後，得以進去。

抬腳之前，祁雲菲重重呼吸了幾次，才微微垂著頭，腳步平緩地進殿。

此刻，承新帝正在批奏摺，聽到動靜，眼皮未抬一下，語氣淡淡地問：「何事？」

聽到這兩個字，祁雲菲強忍著顫抖，說出自己的來意。

世人皆說承新帝最喜歡她，登基前給她的賞賜就不少，登基後又把她封為皇貴妃。

可是，只有她自己知道，承新帝根本不喜歡她，甚至有些厭惡。

她總覺得，承新帝看她，是帶著目的的，那種眼神讓她不寒而慄。

兩人獨處時，承新帝很少跟她講話，也不願聽她講話。若是話說多了，抑或提什麼要求，他的臉色便會變得非常難看，有時甚至會衝她發火。

這也是她一直想救柔姨娘脫離苦海，即便成了皇貴妃，仍沒能成功的原因。

這會兒，見承新帝一直沒說話，祁雲菲更害怕了，死死掐住手，才沒有失態。

許久後，承新帝放下手中的奏摺。「哦？貴妃是在替王叔求情？」

察覺承新帝的語氣不善，祁雲菲嚇得跪在地上，垂下頭。「妾身不是替睿王求情，是想求您高抬貴手，准許妾身的堂姊睿王妃回京。」

承新帝聽了，問了一個奇怪的問題。「妳何時認識王叔的？」

祁雲菲有些驚訝，搖搖頭。「妾身不認識睿王，也從未見過他。」

她怎麼可能認識這樣的人。祁雲昕的信裡曾提到，衛岑瀾凶狠毒辣，對她非打即罵，她受夠了他的折磨。

雖然祁雲菲有些懷疑，但外面關於衛岑瀾的傳聞，確實不太好。

承新帝嘴角露出一絲嘲諷笑意，沒再繼續追問。

「據朕所知，這些年，睿王妃沒少欺負妳吧？妳竟然還為她求情？」

祁雲菲低著頭，沒看到承新帝臉上的神情，嚥了嚥口水，強裝鎮定地解釋。「畢竟……是同一個府的人，一起長大，多少有些情分。」

聽到祁雲菲的回答，承新帝嘴角的嘲諷更甚，看著跪在地上瑟瑟發抖的麗人，頓覺無趣，隨手拿起另一份奏摺，淡淡地說：「好啊，朕答應了。」

祁雲菲以為承新帝不會答應她的請求，因為他一直在質疑她。可沒想到，短短一瞬間後，他居然答應了，不由有些驚訝，抬頭看向坐在龍椅上的承新帝。

恰好，承新帝也看過來。

一個月沒見，他的皇貴妃似乎長得更嬌豔了些，現在雖是初冬，但她的眼角眉梢都帶著春意。烏雲秀髮，柳葉眉彎彎，大大的杏眼眸光似水；櫻桃小口微張，唇不點自紅，惹人憐愛。更不提那一身冰肌雪膚，稍微用力，就會留下點點紅痕。

承新帝微微握拳。這顏色，當真對得起外面所傳豔壓六宮的名聲。

只是，可惜了。

承新帝鬆開拳頭，看著祁雲菲，冷聲道：「若無其他事，貴妃先回去吧。」

祁雲菲趕緊低下頭，聲音又嬌又柔。「多謝皇上，妾身告退。」

走出大殿後，祁雲菲悄悄鬆口氣。不管如何，她的目的都達到了。

行了一段路，快到寢殿時，她終於忍不住揚起淺淺的笑容。

她辦成此事，想必柔姨娘很快就能離開定國公府了，真好！

回到寢殿後，祁雲菲寫了回信給定國公。

一整日，祁雲菲的心情都非常好。入夜後，愉悅地上床歇息。

然而，她剛躺下，便覺得胸口似乎有些熱，想喚侍女進來，竟使不上力氣，慢慢地陷入昏迷，睡了過去。

祁雲菲感覺這一覺睡了很久，又睡得很沈。夢裡非常痛苦，卻無論如何醒不過來。

她夢到自己死了，看見生前種種。

她剛入靜王府沒多久，便悄悄被靜王灌了藥，永遠不可能懷孕。聽到靜王對管事的吩咐，她內心冰涼，很想大聲質問他，但一個字都說不出來。

這時，她終於明白，為何她沒喝過避子湯，卻沒能懷上孩子。

接著，她又夢到，柔姨娘早就死了。

一年前，定國公府的人逼著柔姨娘寫信，讓她勸靜王支持衛岑瀾登基。柔姨娘不從，被祁老夫人罰跪，回房後又被賭輸的父親打，嫡母也不准她吃喝。

兩日後，柔姨娘病死在房中。

怪不得他們一直不讓她見柔姨娘，即便她成了皇貴妃，也只給書信搪塞。

看著柔姨娘冷冰冰的屍首，祁雲菲悲痛大哭，使出渾身力氣吼著。「快來救姨娘！姨娘，姨娘……」

可是，無人應答。

夢境一轉，她來到了今日。

然而，柔姨娘的死讓她太過悲痛，以至於只看到承新帝吩咐身邊的內侍，提及她的名字，至於他們接下來做什麼，卻是未曾記得清楚。

下一瞬，她便哭著從夢中醒了過來……

祁雲菲嬌喘連連，滿頭大汗。

聽到動靜後，值夜的香竹連忙披了件外衣，點上燈。過來一瞧，發現自家姑娘正平躺在床上，睜著一雙大大的眼睛看著床頂，嘴裡嘟囔著姨娘。

香竹連忙喚了幾聲。「姑娘，您快醒醒，快醒醒。」

見祁雲菲還是沒什麼反應，香竹只好逾矩，伸手拍拍她的肩膀。

祁雲菲突然被香竹拍了，哆嗦一下，清醒過來。

原來剛剛是在作夢，不是真的。

祁雲菲想著，側頭看去，瞧見香竹，驚訝得瞪大眼睛，難道她還在夢中嗎？

「香竹?!」

在她入了靜王府一年左右，香竹嫁給靜王府的管事，兩人去了府外，管著靜王府的鋪子。香竹的丈夫很能幹，沒過多久，鋪子裡的生意就變好了。

香竹手頭有些錢之後，沒少接濟她，後來卻聽說，香竹難產死了。沒過幾日，香竹的丈夫就娶了靜王妃身邊的一等丫鬟。

沒想到，她在夢中又見到這個助她良多的丫鬟。

祁雲菲眼中的淚慢慢流出來，語無倫次地說：「香竹，我又見到妳了，真好。」

香竹拿起帕子，擦擦她臉上的淚，又擦去她額頭上的汗，笑著說：「姑娘，您是睡迷糊，作噩夢了吧？奴婢一直都守在您身邊呀。您別怕，只要醒過來，噩夢就沒了。」

祁雲菲沒把香竹的話放在心上，覺得自己就是在夢中，不然怎麼會再次見到香竹？自從香竹死後，她身邊一個得用的人都沒有，再也不敢表露自己的心情，即便難過，也只敢偷偷躲在被窩裡哭。後來入宮，她更不敢哭了，只能在人前強裝微笑。

想到剛剛夢見柔姨娘被定國公府的人害死，想到這裡是夢境，祁雲菲放縱一回，抱著香竹，大聲哭了起來。

香竹以為自家姑娘還沒清醒，連忙撫摸著她的背，一遍一遍輕聲安慰。

許是見到香竹太過開心，許是她的聲音太過溫柔，沒過多久，祁雲菲又睡著了。

祁雲菲再次醒來時，已經是第二日辰時。

她睜開眼睛，打量著有些年頭的黃花梨架子床，又側頭看顏色不再鮮亮的湘妃色床幔一眼，有種非常不真實的感覺。

這不就是她出嫁前住了十六年的地方嗎？她怎麼會在這裡？難道夢還沒醒？

她正想著，屋門被打開了，香竹端著一盆溫熱的水走進來。

「姑娘，您終於醒了。奴婢想著，您再不醒，就過來叫您呢。今日是初一，咱們得去老夫人那裡請安。去晚了，說不定又要受罰。」

祁雲菲立時瞪大了眼睛。昨晚的確有夢到香竹，可現在怎麼又夢到她了？

香竹把銅盆放下後，擦擦手。見自家姑娘猶在發呆，笑著問：「姑娘，您還沒從昨晚的噩夢中回過神來嗎？」

祁雲菲望著她，這太真實，真實到不像是夢境。

「別怕，太陽已經出來，一切噩夢都散盡了。」香竹安慰她。

說完這番話後，香竹服侍祁雲菲起身漱洗，梳妝更衣。

祁雲菲一直沈默著，臨走之前，香竹問她。「姑娘，您要不要先吃塊點心？等會兒去請安，不知道要多久，別餓著肚子。」

祁雲菲搖搖頭。她一點都不餓，此刻整個人都是懵的。

香竹見狀，道：「罷了，咱們先去吧，回來再吃。」

「嗯。」祁雲菲淡淡應了一聲。

# 第二章

祁雲菲走出房門，看著外面熟悉的院子、熟悉的迴廊，仍舊覺得像在作夢一樣。

若是夢，這也太真了一些。

停在枝頭的鳥兒叫著，耳邊清楚傳來嘰嘰喳喳的聲音。

風吹過來，頭髮打在臉上，有些癢。

和無數個夢境不同的是，她的腳踩在地上，非常踏實。

回想昨晚抱著香竹的感覺，加上眼前的一切、耳邊的一切，祁雲菲幾乎要懷疑——

或許，這一切並不是夢？

如果不是夢，這遭遇也太詭異了。一時之間，她難以接受。

懷著異樣的心情，祁雲菲走了許久，終於到了祁老夫人的正院。

今日她來得不算早，幾個堂姊妹先到了，祁老夫人跟幾位夫人還沒過來。雖不知是夢是真，她仍沒來由地鬆了口氣。被欺負多年，她早養成戰戰兢兢的習慣。若是祁老夫人已經到了，她又要受罰。

進屋後，祁雲菲對堂姊妹們行了禮，接著，她沒有湊近任何人，而是找了個不起眼的角落，安安靜靜坐著，觀察面前熟悉又有些陌生的擺設。

聽著堂姊妹們的說話聲，祁雲菲越發覺得這似乎不是一場夢。

正想著呢，便聽到有人在喚她。

「四姑娘，我家姑娘在叫您，您發什麼呆呢？」祁雲昕身邊的大丫鬟抱琴倨傲道。

祁雲菲看了抱琴一眼，沒作聲。

這時，祁雲昕的聲音響起來。「喲，聽說三叔攀上了貴人，所以四妹妹不認我這個姊姊了不成？」

定國公府一共有三房，大房和二房是嫡出，三房是庶出。

大房有兩子一女，二房一子一女。三房則是一子兩女，長女已經出嫁，祁雲菲是次女，在堂姊妹裡行四。

這話一出，二房長女祁雲嫣笑了。「大姊，承恩侯府那種破落戶，也能稱為貴人？況且，三叔是跟那個不成器的嫡子湊到一起，能有什麼好事？」

聽到這話，祁雲菲覺得，裡面似乎有玄機。

見祁雲菲跟往常不一樣，竟然躲那麼遠，沒來她跟前伺候，祁雲昕立時不高興了。

「哼，如今我使喚不動四妹妹了嗎？」

祁雲菲抬頭看祁雲昕一眼，想起前世祁雲昕跪在地上向她請安、寫信要求跟衛岑瀾和離的事，那時，祁雲昕的神情可是完全不同。但不管是夢是真，她都不願再被祁雲昕使喚。

雙方正僵持著，內室突然傳出一陣怒喝。「老三媳婦，妳要我拿六千兩給老三還賭債?!如今國公府年年虧空，哪裡有銀子！」

坐在屋外的人聽見，頓時都不講話了，齊齊看向屋內。

緊接著，是三夫人李氏哭哭啼啼的聲音。「母親，我沒辦法了，總不能不救我們家老爺吧？求求您了！」

祁老夫人厲聲道：「求我也沒用！」

一聲巨響，屋門隨即被關上，裡面的聲音斷斷續續，聽不清楚了。

祁雲昕和祁雲嫣對視一眼，臉上揚起愉悅的笑，看向祁雲菲的眼神充滿嘲諷。

祁雲嫣得意地說：「我就說嘛，三叔能認識什麼好人？自以為攀上了高枝兒，實則是來吸血呢。」

祁雲昕覷著祁雲菲，笑著道：「若是還不了賭債，難不成三叔又要賣一回女兒？」

祁雲菲上頭有個庶出姊姊，被祁三爺賣給商賈，換取一萬兩銀子的嫁妝。

祁雲菲哪裡還有工夫搭理這姊妹倆，此刻臉色煞白，怔怔看向內室。

六千兩、承恩侯世子、靜王。

前世，她父親祁三爺就是因為還不了賭債，所以在大哥定國公的攛掇下，把她送給靜王為妾。但定國公根本沒有如承諾一般替他還債，靜王也沒有。

於是，承恩侯府的人上門，打了祁三爺一頓，但定國公府的人壓根兒不管。

最後，李氏變賣家產替祁三爺還債，還差點把柔姨娘賣了。

後來，靜王不知怎的，才突然改變心意，替祁三爺還錢。

這些記憶，讓祁雲菲確定一件事，這一切都不是夢，她回到了未入靜王府的時候。

很快地，李氏哭著走出內室，祁老夫人推說身子不舒服，讓請安的人都退下。

祁雲昕和祁雲嫣再次嘲諷祁雲菲，不過，她們得知三房大禍臨頭，見祁雲菲臉色難看，便沒太為難她了。

出了正院的門，祁雲菲急匆匆朝三房的院落跑去。

香竹在旁邊提醒好幾次，祁雲菲都沒聽，繼續往前跑。

到了三房，看見柔姨娘摀著臉走出正房，祁雲菲的眼淚一下子流出來。

柔姨娘見到女兒，抹抹臉上的眼淚，側著臉，不讓祁雲菲看到她臉上的巴掌印，勉強維持一絲笑容。

「四姑娘莫哭，妝哭花就不好看了。」

祁雲菲緊緊抱住柔姨娘。

這真的不是夢！不知為何，她重生了，而且，柔姨娘還好好地站在她面前。

母女倆正哭著，正房傳出怒吼。「哭什麼？號喪呢？我還沒死！還不滾去打水！」

柔姨娘哆嗦一下，鬆開祁雲菲，抹抹臉上的淚，低聲說：「快回屋。今日夫人心情不好，若見到妳，恐會罰妳。」

「姨娘……」祁雲菲幾年沒見到柔姨娘，此刻見著，哪捨得走。

「快走。」柔姨娘小聲道。說完便不再搭理她，跑去廚房提熱水了。

不一會兒，柔姨娘提著半桶熱水回來，見祁雲菲還站在原地，又催了一次。「妳快回去。有什麼話，晚上再說。」

「嗯。」祁雲菲握拳。

她知道，要是她上去幫忙，柔姨娘會被罰得更重，她也會被罰。如此，柔姨娘又得傷心得幾日睡不著。

看著柔姨娘進了正房之後，祁雲菲才回自己的房間。

房裡，香竹見自家姑娘臉色不好看，勸了幾句。「姑娘，您別難過，只要您好好的，姨娘就會開心。以後您嫁了好人家，自然可以幫著姨娘。」

祁雲菲淡淡應了聲。前世她嫁給靜王，可柔姨娘還是被定國公府的人逼死了。

「妳先出去吧，讓我一個人靜靜。」

「是。」

香竹走後，祁雲菲坐到一旁的榻上，看著窗外變黃的樹葉，開始靜靜思索。

在她向承新帝求情之後，當晚便重生回到現在。

那麼，她為何會回來？

想到躺在床上時胸口傳來的疼痛，祁雲菲明白，自己定是被人下了毒。

是誰下的毒呢？皇后娘娘？不對，她身邊沒有皇后的人，她身邊的人都是……

瞬間，祁雲菲的眼睛微微睜大——她身邊都是承新帝的人，是承新帝殺了她！

祁雲菲的腦子飛快轉起來，忽然想起昨晚那些斷斷續續的夢。

夢的最後，承新帝吩咐內侍幾句，內侍便把某樣東西交給她身邊的侍女，要侍女下到瓷碗裡。

當時她沈浸在柔姨娘已死的痛苦中，並未刻意去記這些，此刻記憶卻是清晰起來。

夢境竟然跟現實一致？難不成，這個夢是真的？而前兩個夢也是真的？

其一，在她嫁入靜王府一個月後，靜王不知去外面見了誰，回來後便命人給她下藥，讓她永遠不能懷孕。

其二，一年前，柔姨娘就被定國公府的人害死了。

想到這些，祁雲菲出了一身冷汗，緊接著顫抖起來，渾身發冷，微微蜷起雙腿，用雙手抱住，將頭埋入腿中，低聲抽泣。

她向來膽小，得知這麼多事情，恨不得把自己藏起來。但哭了一會兒之後，眼淚卻漸漸停了，頭也慢慢抬起，眸中的脆弱和恐懼消散了些。

前世，她一直放心不下柔姨娘，今生仍舊如此。想到最後柔姨娘慘死在定國公府，目光中流露出一絲堅強。

她今生絕不能再入靜王府。靜王根本不喜歡她，甚至厭惡她，否則不會給她灌避子湯，也不會讓人殺了她。

不僅如此，她還要把柔姨娘救出去。

不然，現在就逃？可一想到定國公府的勢力，剛剛冒起來的想法又落下去。柔姨娘的賣身契還在祁三爺手中，只要有賣身契，她跟柔姨娘就跑不掉。

雖然她不常出門，可這些年沒少聽說誰家的僕人跑了，主家拿著賣身契去官衙稟報，那些僕人最終全被抓回來，下場很是淒慘。

身強力壯的僕人都跑不掉，更何況是她和柔姨娘這樣的弱女子。即便逃出去，也未必能生存。

不過，祁雲菲突然想到一件事。前世，祁三爺還不出錢時，李氏就想賣了柔姨娘。那麼，她是不是可以利用這一點？

她知道，祁三爺並非心甘情願把她送入靜王府，因為他跟承恩侯世子交情好，承恩侯府支持的又是青王。而且，庶長女賣了一萬兩，次女只賣六千兩，他一直覺得虧了。

如果她能籌到錢，買走柔姨娘，那麼柔姨娘便能光明正大離開定國公府了。

至於她……如今是十月，前世她入靜王府是明年三月的事，還有半年工夫。至少，這段日子是安全的。等半年期限一到，她拿出六千兩，就能不被送入靜王府。

只是，如何才能籌到那麼多銀子……

祁雲菲正想著，門突然砰的一聲被踢開了。

「祁雲菲，趕緊幫本少爺買糖葫蘆去！」

祁雲菲被突如其來的聲音嚇得哆嗦一下，抬頭看向跑進屋裡的人。

這人不是旁人，正是李氏的寶貝兒子祁思恪，也是三房唯一嫡出的孩子，在堂兄弟中行四。

「哎喲，四少爺，您走慢些。」他身後的嬤嬤連忙跟進來。

「祁雲菲，妳沒聽到嗎？快去買糖葫蘆。再不去，本少爺就跟母親說妳欺負我。」

雖然是謊話，可五歲的祁思恪卻說得理直氣壯。

嬤嬤聽了，瞥祁雲菲一眼。「四姑娘，您沒聽到四少爺的話嗎？莫不是覺得夫人出門，就敢違逆四少爺吧？等夫人回來了，定要您好看。」

祁雲菲抬頭看向屋裡的幾個人。

這便是她的處境。定國公府裡，上到祁老夫人，下到有臉面的僕人，都能使喚她。祁思恪是她同父異母的親弟弟，可他卻從未叫過她一聲姊姊，都是直呼她的名字。

她想起來了，前世也有這件事。

祁思恪要她出門買糖葫蘆，但她剛剛才在正院被祁雲昕和祁雲嫣使喚辱罵，心中覺得委屈，便哭哭啼啼拒絕了。

因為祁老夫人不肯借錢，李氏套車回娘家，過幾日才回府，卻沒借著多少銀子。回來後聽兒子告狀，便對她發脾氣，罰她跪祠堂，還餓她一日。柔姨娘替她求情，結果也被罰了。

想到這些，祁雲菲暗暗握了握拳，道：「好啊，四弟弟在家等著，姊姊這就去。」

既然重生，她不能再像前世一樣，她要勇敢一些、堅強一些。

聽到祁雲菲答應，祁思恪的臉色好看不少，朝著她微抬下巴，得意地出去了。

等祁思恪主僕一走，香竹便心疼地說：「姑娘，還是讓奴婢去吧。您是大姑娘了，再這麼出去不好。」

之前，祁思恪也使喚祁雲菲出門買東西，不得已時她才去，多是香竹替她跑腿。

這次，祁雲菲卻搖了搖頭。「不用，換身男子的衣裳便是。」

若想賺錢，她得出去看看。如今多了一世的記憶，算是有先機之人，說不定出門能想起更多事情。而且，柔姨娘挨打受傷，也得塗些藥膏。

香竹還想再勸，祁雲菲阻止了她，又看看自己藏起來的箱子，狠下心，把這些年存下來的三十多兩全帶在身上。

很快地，兩人換上小廝的衣裳，從後門出去了。

# 第三章

出門後，祁雲菲既有一絲欣喜，又有一絲恐懼。

前世，入靜王府之後，她再也沒出來過。如今想來，已經有好幾年了。

每月，香竹會出門兩、三趟，比祁雲菲熟悉些，見祁雲菲好奇，便幫她介紹一番。

祁雲菲一邊認真聽著、一邊回憶前世的事，看看有沒有能賺錢的方法。

一路想著，祁雲菲都沒什麼印象，直到京城最繁華的明德大街，香竹忽然說了一句。

「咦，前幾日還不是這樣，這裡有許多賣糖葫蘆的，怎麼今日少了許多？」

一名路過的年輕男子聽見，看了她們一眼，道：「兩位小兄弟有所不知，下個月流雲國二皇子會出使大齊，府尹讓人肅清街道。」

男子說完，忍不住多打量祁雲菲兩眼，那眼神著實讓人不舒服。

祁雲菲正蹙著眉頭思索，並沒有察覺。

香竹見狀，連忙側身擋住他的目光。「多謝這位公子解疑。」

「小兄弟客氣了。」男子說完，又看看祁雲菲，就離開了。

「少爺，咱們再換個地方買吧？」香竹在一旁低聲道。

祁雲菲回神。「不急，哪裡有首飾鋪子，妳先帶我去看看。」

「好。」香竹指指前面。「那裡便是。」

剛剛，祁雲菲突然想到了賺錢的法子。

前世，香竹兩口子管的第一間鋪子，便是賣首飾的。當時，香竹曾跟她說過，齊南產的彩色玉珠，兩年前根本沒人買，直到流雲國二皇子出使大齊，他非常喜歡這種玉珠，價錢一下子就升上來，再也沒落下。

如果現在能多買些珠子，等流雲國的人來了，是不是就可以多賺錢呢？

祁雲菲正興奮著，不知不遠處的酒樓裡，有個男子正盯著她看。

男子身著華服，頭戴玉冠，一看便知身分不簡單。更不簡單的是他那張臉，劍眉星目、鼻梁高挺、薄唇緊抿，俊美無儔。

這樣的家世和相貌，本應吸引無數女子圍觀，然而他那身的冷意，卻讓人不寒而慄，不敢靠近半分。

「王爺，方才下官說的那件事情……」刑部侍郎見衛岑瀾不說話，嚇得腿開始抖，心想衛岑瀾果然是在戰場上待了幾年的人，不說話的時候，渾身上下充滿了殺氣。

衛岑瀾聽到這話，收回目光，望向面前身著官服之人。

被衛岑瀾這麼一看，刑部侍郎的腿抖得更厲害了。

就在刑部侍郎快要跪下去時，衛岑瀾沈聲道：「國有國法，家有家規，皇子犯法與庶民同罪。不管誰來求情，該怎麼辦，便怎麼辦。」

「是，是，下官明白了。」

「若是有人不服，讓他來找本王。」

縱然衛岑瀾的臉色依舊不太好看，可刑部侍郎的腿立刻不抖了，臉上露出驚喜神情，跪在地上道：「多謝王爺體恤，下官知道該怎麼辦了。」

「嗯，去辦差吧。」

「是，下官不叨擾王爺了。」說罷，刑部侍郎快步離開了酒樓。

刑部侍郎走後，衛岑瀾又轉頭望向外面，然而，剛剛見到的人卻消失無蹤。

衛岑瀾冷峻的眉頭微蹙，揚聲道：「來人！」

侍衛現身。「王爺。」

「去查一查，剛剛身著男裝的兩位姑娘去了哪裡。」

「是！」

另一邊，在香竹帶路下，祁雲菲進了酒樓斜對面的首飾鋪子。

因兩人穿的是僕人衣裳，所以，鋪子裡的夥計只看了她們一眼，又去招待貴客。

祁雲菲並非第一次來首飾鋪子，見夥計如此，便直接走向櫃檯。

待在櫃檯的丫鬟也如同夥計一般，並未過來招呼，彷彿她們不存在。即便她面前的婦人已經買完東西走了，依舊沒搭理她們。

祁雲菲不知受過多少白眼，丫鬟的態度並不會傷到她。既然丫鬟不來招呼，她便主動走過去，笑著開口。「請問，貴店有沒有齊南產的彩色玉珠？」

丫鬟聽到祁雲菲的問話，臉上露出果然如此的神情。「那等便宜貨，我們這種鋪子怎麼會有？你們走錯地方了，去別處問吧。」

見自家姑娘受了白眼，香竹欲上前理論，卻被祁雲菲一把拽住。

「多謝指點。」祁雲菲說罷，扯著香竹出去。

「少爺，他們也太欺負人了。」

祁雲菲笑笑。「咱們勢單力薄，莫要跟他們理論。如果咱們的身分被發現，又是一番麻煩。快走吧，帶我去別處看看。」

「嗯。」香竹應道，帶祁雲菲去了次一點的鋪子。畢竟，剛剛那丫鬟的話，她也不是沒聽懂。

逛了三家之後，祁雲菲終於找到一家賣彩色玉珠的鋪子。可惜，這家也沒有太多。

齊南的彩色玉珠每年產量不多，且如今京城人喜歡素色，不愛太過豔麗的東西。彩色玉珠甚小，不如玉鐲有分量，也不如翡翠珠子好看，是以城裡並無太多存貨。

好在，如今玉珠還算便宜，一顆只需要一兩銀子。兩年後，便是十兩銀子一顆了。

逛了許多店鋪之後，祁雲菲沒買到幾顆，看著天色不早，就打算回去。

主僕倆路過賣糖葫蘆的小販，買了一串糖葫蘆，回了定國公府。

進了門，祁思恪見她回來晚了，又是一番訓斥。

柔姨娘見女兒被訓，急得不得了，等祁思恪離開，才隨祁雲菲進屋，輕聲安慰。

「四少爺還小，妳莫要心生怨懟。」

因為有心事，祁雲菲並未把祁思恪的話當一回事。再說，按照前世的年紀算，她已經二十出頭，哪裡會跟一個五歲的孩子計較。

「嗯，女兒知道了。」

柔姨娘聽祁雲菲這麼說，仔細瞧著她臉上的神情，感覺有些怪異，以為女兒是把對祁思恪的不滿埋在心底，遂又勸慰幾句。

「四少爺畢竟是夫人所出，而妳的親事握在夫人手中。咱們這一房只有四少爺一個男丁，等妳出嫁了，少不得得仰仗他。現在他還小，讓妳做什麼，妳去做便是。」

往日柔姨娘這樣說，祁雲菲多半不會再說什麼，可是重生歸來後，便不這麼想了。

前世，她的確聽了柔姨娘的話，一直非常孝順李氏，也非常順從祁老夫人。可最後呢？誰都沒能指望上。但凡這府裡的人有良心，她們母女就不會被害死了。

「姨娘，指望旁人，不如指望自己。這世上沒有人是可靠的，父親不可靠，弟弟不可靠，只有靠自己才行。」

柔姨娘聽了，瞪大眼睛，連忙跑到門口看看有沒有人偷聽，見外面沒人，才放心回來，抓住祁雲菲的手，低聲說：「四姑娘，妳怎麼能說這種話呢？妳馬上要說親了，只有妳父親心疼妳，夫人對妳滿意，才會幫妳尋一門好親事。」

祁雲菲道：「當年，父親不是很喜歡三姊姊嗎？可您看，他還不是為了銀子，把她嫁給商賈。三姊姊都如此了，我又能落得什麼好？姨娘，咱們該為自己考慮考慮了。」

柔姨娘聽了，那雙與祁雲菲一模一樣的美麗眼睛泛起淚霧，嘴唇顫抖。「不會的，妳父親答應我，會替妳說一門好親事。」

祁雲菲重重嘆了一口氣。「姨娘，父親的話不能信。」

「慎言！」柔姨娘突然摀住她的嘴巴。「妳怎麼能說這種話？幸好是說給我聽，若被老爺和夫人聽去，不知會怎麼罰妳。」

祁雲菲閉上嘴巴，神情有些憂慮。

柔姨娘又問：「今日就覺得妳不太對勁，是在正院遇到什麼事，還是出門時聽說了什麼？」

祁雲菲本欲說出自己的計劃，現在卻不想說了。以柔姨娘膽小的性子、對父親和嫡母的妥協，如果知道她在幹什麼，不知會是什麼反應，說不定會阻攔她。想了想，乾脆改口。

「剛剛我在正院聽到母親向祖母借錢，說是父親欠了承恩侯世子六千兩銀子。祖母不答應，兩位姊姊便說父親可能會把我賣了換錢，我這才說這樣的話。」

柔姨娘聞言，緊緊摀住胸口，眼裡又凝起水霧。「妳父親怎麼又欠錢了？不過，他跟承恩侯世子交情好，應該不會把妳賣了。」

「姨娘，這些事情都說不準的。」

柔姨娘抬手制止她說下去。「姨娘知道妳今日心情不好，但妳別怕，不會的。我去問問妳父親，看他是如何打算的。」

說完，柔姨娘不在女兒屋裡待著，抬腳出去了。

柔姨娘走後，祁雲菲嘆氣。

柔姨娘以祁三爺為天，又盡心服侍李氏，多年來一直如此。想改變她，真不是一件簡單的事情。

不過，沒關係，她畢竟是柔姨娘的女兒，柔姨娘跟她最親，總能說服。即便說服不了，她也會把柔姨娘救出去。

既然老天讓她重生，她總不能白白浪費這個好機會，定要改變柔姨娘的命運，也改變自己的命運，不然重生還有什麼用？

柔姨娘不改，她改；柔姨娘不做，她做。

大不了，就是一死。

前世她委曲求全，嫁人後不過短短數年便死了，不信今生還能更糟糕。

另一邊，祁雲菲不知，從出了首飾鋪子到回府，一直有人跟著她們，等她們一進定國公府，便去稟報消息。

「王爺，兩位姑娘去了幾家首飾鋪子，買了些齊南產的彩色玉珠。回去時，又買一串糖葫蘆，接著入了定國公府的後門。」

衛岑瀾聽後，臉上神情未變，吩咐一句。「去查查她是什麼身分。」

「是！」

當晚，李氏跟祁三爺沒回來。第二日，依舊沒回府。

兩人不在府裡，祁思恪去學堂，且不是初一、十五，祁雲菲自是不用去正院，倒是鬆了一口氣。

這兩日，祁雲菲又跟柔姨娘說了不少話。

可惜，柔姨娘雖一心向著她，卻絲毫不為所動，反倒是看她的眼神越來越怪。

「莫不是那日出去招惹了什麼不乾不淨的東西吧？不然妳怎會變得如此奇怪？」

祁雲菲怕弄巧成拙，便不敢再跟柔姨娘多說。說起來，是她太過心急，得知她們母女的命運，急於改變，沒顧及到柔姨娘能不能接受。

如果柔姨娘真能這麼快就被說服，前世便不會被定國公府的人逼死了。

總歸還有半年，慢慢來吧。

三日後，祁雲菲正在房裡回憶接下來四年發生的事，用只有自己才看得懂的字句記下來。

聽到屋外有動靜，她推開窗，看外面一眼，見李氏滿臉怒氣地回來了，嚇得趕緊把窗戶關上。

不用想，定是沒在娘家借到錢。

只是，祁雲菲有些擔心柔姨娘，不知柔姨娘這會兒在哪裡，會不會被李氏拿來當出氣筒。

接著，祁雲菲聽到李氏發脾氣，命人去找祁三爺，便有人從正房跑出去了。

直到晚上，祁三爺才回來。李氏跟祁三爺吵了一陣，接著，爭吵聲戛然而止。

吃晚飯時，祁雲菲仔細打量兩人，見他們臉色如常，心中納罕，是暫時沒事了？應該是，不然，她怎會在來年春天才被送入靜王府。事情定然沒徹底解決，但短時日內不會有事了。

柔姨娘自然也感覺出來，十來日後，當祁雲菲再次提及那日的話，便反過來說她一通，是她多想了，祁三爺並未打算把她賣掉換錢。

至此，祁雲菲知道多說無益，遂暫時不打算再開口了。

# 第四章

流雲國二皇子要來了，但祁雲菲沒錢了。

祁雲菲知道柔姨娘手裡有幾百兩銀子。前世她出嫁時，柔姨娘把錢都給她了。只是，最近柔姨娘有些懷疑她，不敢去要。

不過，她想到柔姨娘手中有間鋪子，便藉口想幫忙管，支了五十兩銀子。

說起來，祁雲菲還有個小舅舅，名叫韓大松，比柔姨娘小七、八歲，是她唯一的親弟弟。

祁雲菲的外公是個酒鬼，外祖母生下兒子之後，便撇下孩子和離了。

當時，柔姨娘還不到十歲，便開始學著照顧父親和弟弟，外公因此老實了幾年。可惜，沒幾年他又犯了酒癮，在酒桌上把女兒賣給祁三爺。

柔姨娘不想跟著祁三爺，沒奈何祁三爺是國公府的少爺，他們家只是種地的鄉下人，不得不嫁。即便如此，眾人還覺得是柔姨娘高攀了。

數年後，外公去世，韓大松來到京城，把置辦好的鋪子跟地契交給柔姨娘，說要去參軍，可能幾年都不會回來。

這鋪子，柔姨娘藏得倒是極好，從沒找過掌櫃，掌櫃也只每隔三個月託送菜的人送銀子。沒人知道柔姨娘手裡有鋪子，直到前世祁雲菲及笄那年，才告訴她。

即便祁雲菲知道了，娘兒倆也過得小心翼翼，直到出嫁那日，仍只隔一季收一次錢，沒敢去鋪子。

一開始，柔姨娘自是不給，覺得這事有些古怪。

但祁雲菲早想好藉口。「姨娘，那日四弟弟讓我去幫他買糖葫蘆，因為鄰國即將來使，明德大街已經沒有小販，我便去篤行大街，路過韓家鋪子，進去瞧了一眼。如今筆墨紙硯的生意極差，周掌櫃手裡沒錢，周轉不開。」

柔姨娘知道女兒的本事，定是她親眼看過才知情，不然說不出這番話。

「可是，妳也大了，不好再去外面。」

「姨娘放心，上次女兒換了男子衣裳，不會被人發現。況且，還有香竹呢。」

雖覺得不妥，可柔姨娘也沒什麼好辦法。鋪子畢竟是韓大松的，他已經六、七年未歸，算算也有二十五、六歲，回來便要娶妻了。她可不能弄垮鋪子，否則屆時他如何成親，韓家的香火豈不是要斷了？

拿了銀子，祁雲菲便回房去了。

進房後，祁雲菲坐在窗邊看著外面的動靜，見祁思恪回來，立刻出去，假裝散步，但一看到他，便馬上轉身要走。

祁思恪果然上當，顛顛地跑過來。「祁雲菲，妳給我站住！」

祁雲菲停下來，哆哆嗦嗦地說：「四……四弟弟，外面好嚇人，別再讓姊姊出去幫你買東西了好不好？」

祁雲菲第一次做這樣的事，心裡有些緊張，而祁思恪卻以為她在害怕，特別高興。

雖然在定國公府的子孫裡，祁思恪也是被欺負的那個，但在三房的院子，卻是欺負人的小霸王。他最喜歡欺負的正是祁雲菲，祁雲菲一哭，他就開心。

「哼！妳算個什麼東西，小爺我叫妳跑腿，那是抬舉妳了，別不識好歹！妳不想出去，小爺偏讓妳出去，明日給我買毛筆來！」

祁雲菲聽後，哭哭啼啼地說：「四弟弟，你別讓我去，我……我不敢。」

「妳竟然敢違抗我的命令？我告訴母親，說妳欺負我！」祁思恪得意地道。

祁雲菲趕緊拉住祁思恪的胳膊。「我去，我去，四弟弟別跟母親說。」

「哼！早這樣不就行了。」

「可是，姊姊沒錢，還有上次買糖葫蘆的錢……」祁雲菲聲音如蚊蠅振翅一般小。

「祁雲菲，妳每個月可是有一兩銀子的月例，妳又不出門，花到哪裡去了？我偏不給妳！若明日下學回來，我見不到新的毛筆，妳就等著被母親罰吧。」

說完，祁思恪朝祁雲菲做了個鬼臉，飛快跑開了。

祁思恪走後，伺候他的嬤嬤在一旁陰陽怪氣地說：「三姑娘，四少爺可是您的親弟弟，您若是怠慢四少爺，就別怪老奴無情了。」

祁雲菲連忙道：「嬤嬤，我不是這個意思。」

「哼，最好不是。」嬤嬤瞥祁雲菲一眼，小跑著去追祁思恪了。

香竹見狀，急得不得了，心疼自家姑娘，險些哭出來。「姑娘，四少爺也太……」

祁雲菲抬抬手，制止她說下去，微垂著頭。「回去。」

香竹無奈，只好應下了。

回屋後，祁雲菲拿起沒看完的《大齊地理志》，繼續看起來。

她得瞧瞧，哪裡是個好地方，能讓柔姨娘和她安然過完後半生。

第二日一早，祁雲菲穿著一身奴僕衣裳，滿臉委屈地出門了。

門房聽香竹解釋幾句，便放行了。

守門的小廝對旁邊的婆子道：「這三姑娘怎麼還不如一個下人？四少爺讓她買東西，她就去啊？」

婆子冷哼一聲。「長得好看有什麼用？三爺的親娘是個爬床的賤婢，這姑娘的親娘連丫鬟都不如，你覺得她能好到哪裡去？」

主僕倆自是沒聽見這話，出門後，又四處去買玉珠。

本以為今日一顆也買不到，但不知是不是運氣太好，逛了兩刻鐘左右，便在一家首飾鋪子裡遇到來典當東西的婦人。

婦人以缺錢治病為由，把一百多顆彩色玉珠便宜賣給祁雲菲，還生怕祁雲菲不要似的，拿走五十兩銀子就跑了。

祁雲菲覺得不對勁，追上去，然而，她和香竹追了一段路之後，婦人卻消失不見，只得氣喘吁吁停下來。

雖然覺得此事有些怪異，但盒子裡的玉珠的確是真的。

祁雲菲實在想不通，便沒再想了，帶香竹去了韓家鋪子。

與此同時，賣玉珠的婦人甩開祁雲菲，入了一座府邸的後門。

「主子，今日那位姑娘又出來買玉珠了。事情已經辦妥。」

衛岑瀾放下手中的書，微微點頭。「嗯，辦得不錯。賞。」

「多謝主子。」說罷，婦人悄悄退下。

婦人出去後，衛岑瀾看向窗外，陷入沈思之中。

說起來，初見那小姑娘，是在很久之前了。

那一年，他不足二十，第一次離京辦差。因差事辦得極好，縱然他素日裡非常穩重，還是有些得意，以至於放鬆了警戒。

即將到京城時，一行人遇襲，他跑到山裡，才逃過一劫。

在山中待了幾日，他迷路了，再加上體力不支，昏倒在地。

醒來時，他發現自己躺在一個山洞裡，身側有個長得非常漂亮的小姑娘，正睜著大大的眼睛看著他。

他問了才知道，原來這小姑娘也迷路了，好在身上帶了些吃食和水，便分給他。

恢復體力後，他按照小姑娘混亂的描述，順利帶著她走出山中，回了楊柳村。

一會兒後，親眼瞧著小姑娘見著親人，他便默默離開了。

等他恢復過來，抓到背後的黑手，已經是兩個月後。

那時，他派人找過小姑娘，卻一直沒找到，便把這件事擱置一旁。

許是小姑娘長得太過漂亮，即便那日她穿著男子的衣裳，他還是一眼就認出來。讓人去打聽，果然就是她。

沒想到，小姑娘竟然是定國公府的人，那日會去楊柳村，是因為她外祖父去世了。

得知小姑娘四處買彩色玉珠，他便命人把京城，包括京郊附近的玉珠全買來。小姑娘喜歡玉珠，見著這麼多，想必非常歡喜吧？

他雖感激當日的救命之恩，但小姑娘已經大了，男女有別，他不方便再去見，只想著，以後她若有什麼難處，多幫著便是。

這會兒，祁雲菲正在韓家的筆墨鋪子裡。

她之所以敢如此大膽，拿出地契表明身分，是因為前世出嫁前，她也來過，卻發現周掌櫃早已知道她是誰，而且直到她死，周掌櫃都沒背叛過她們。

祁雲菲略問了鋪子裡的事，生意一般，每個月能賺上幾兩銀子。幸虧是自家的，不然交完租金，就要虧了。

問完後，她買枝毛筆便離開。不能出來太久，不然會惹人生疑。

回去後，柔姨娘先關心鋪子的生意，又說了幾句，讓女兒沒事少往外面跑。

祁雲菲含糊應下，心裡生出一絲警惕。既然柔姨娘知道她往外跑，那麼，想必李氏早就知道了。

等柔姨娘走後，祁雲菲想了想，故意選個李氏在的時候，可憐兮兮走到正房門口，把毛筆交給祁思恪。

「四弟弟，你莫要再叫我出去買東西，我……我的月例都快沒了。」

「哼！我花妳的錢，妳心疼了？那我偏要花！」

「四弟弟……」

正說著呢，李氏掀開門簾出來，看著祁雲菲道：「四丫頭，不過是給妳弟弟買枝毛筆罷了，瞧把妳心疼的。這是妳親弟弟，妳的錢不給他花，還能給誰花？」

「見過母親。」祁雲菲慌張地行禮。「女兒不是怕花錢，只是覺得年紀大了，再出門恐讓人笑話。」

「嗤！妳不是換了僕人的衣裳？出去兩趟，也沒被人發現。」

祁雲菲知道自己猜對了，李氏果然曉得她出去的事，忙道：「是，女兒知錯了。」

「回去抄一遍《女誡》。以後妳弟弟叫妳做什麼，就做什麼，別扯那麼多藉口。」

「是。」祁雲菲垂著頭回房。

祁雲菲是故意的，知道李氏最近缺錢，所以才提花月例幫祁思恪買東西的事。她想逃跑，得提前放鬆李氏的戒心。只要出門的事過了明路，以後行事就方便多了。

見祁雲菲離開，李氏撇了撇嘴。「真是個上不得檯面的東西，不過是幾錢銀子，就心疼成這個樣子。」

第二日恰逢十五，祁雲菲跟著李氏去前院，向祁老夫人請安。

祁老夫人見李氏臉色如常，心中納罕，便問了幾句。「老三媳婦，老三的事情解決沒有？聽說妳娘家沒借錢給妳？」

祁老夫人最是討厭三房，確切說，是討厭庶子。那些年，死在她手裡的庶子有好幾個，見祁三爺不爭氣、不成器，生母又早逝，才留他一命。

現在，她是故意當著主子和奴僕的面，開口讓李氏丟臉。

李氏被臊得臉色通紅，可她父親不過是翰林院的六品小官，一切還要仰仗定國公府這棵參天大樹。

「多謝母親關心，三爺說都是誤會，事情已經解決了。」

祁老夫人笑著說：「那就好，真是虛驚一場。因為這事，這幾日我都沒睡好。」

「讓母親煩心了，都是兒媳的不是。」

「哎，說這麼見外的話做什麼。」

往常，每到請安的日子，李氏定會在正院待到午時才回，以便跟定國公府的人套套交情。

李氏不走，祁雲菲也不能走。而祁雲昕等人見到她，定會把她當成丫鬟使喚。

可今日被祁老夫人這般一說，李氏坐不住了，待兩刻鐘左右，便起身告退。

祁雲菲也鬆了口氣，跟著李氏一起離開。

李氏回去之後，心情不好，又藉故罰了柔姨娘。

祁雲菲見狀，眼睛通紅，越發想著要趕緊賺錢，讓柔姨娘早日光明正大脫離苦海。

# 第五章

幾日後，祁雲菲又出門了。

可惜，今日運氣著實不好，主僕倆逛完幾家鋪子之後，也沒發現一顆彩色玉珠。

祁雲菲想，看來這次只能賣手中那一百多顆玉珠了，賺不了太多錢。

擔心出門太久恐被責罰，見時辰差不多，祁雲菲和香竹快步回了定國公府。

然而，眼見著馬上要到國公府後門，主僕倆卻被人堵住。

看著面前突然出現的幾名男子，祁雲菲嚇了一跳。定國公府就在不遠處，且大白天的，這些人怎麼如此大膽？

沒等她說話，為首的男子開口。「小兄弟，我們主子有請，你跟我們走一趟吧。」

看著男子流裡流氣的模樣，香竹連忙站在祁雲菲面前，喝斥道：「你們是什麼人，想幹什麼？」

「走開，沒你的事！」男子一把推開香竹，接著上前打量祁雲菲的臉，嬉皮笑臉地說：「小兄弟，跟我們走吧。」

看著面前的男人，祁雲菲的心怦怦直跳，感覺自己的心臟快跳出來。她從未遇過這樣的事，也沒想到有人敢在光天化日之下亂來，一時嚇呆了。

不過，見男子離她越來越近，她終於恢復理智，大吼道：「我們……我們是定國公府的人，你們敢這般對我，小心我回去告訴祖母！」

為首的男子聽了，臉色一凝，懷疑地說：「定國公府？」

「對！我是定國公府的四……五少爺！」祁雲菲見面前的人怕了，又補上一句。

孰料，一直躲在後面的另一個人卻站出來，道：「別信他，定國公府只有四位少爺，哪裡有什麼五少爺。」

祁雲菲抬頭看向來人，只一眼，便想起這人是誰，不就是那日在路上跟她和香竹說話的男子嗎？可見，這是蓄謀已久了。

她真沒想到，重生後第一次出門，就被盯上了。

不過，剛剛他們聽到定國公府時，神色有異，應是有所忌憚，遂摸了摸帶出門的對牌，想拿出來。

然而，為首的男人忽然變得凶神惡煞起來。「好啊，竟敢騙我，看我怎麼——」

眼見著男子的手要落在她身上，卻似被什麼東西打到，立時彈開了。

「啊！是誰敢打老子?!」

接著，路口出現兩名侍衛，三兩下解決面前的人。

「大膽！知道我們是誰的人嗎？我們可是青王府的人！」

然而，看到侍衛手中的腰牌之時，一群男子立刻嚇得臉色蒼白，跪在地上求饒。

「還不快滾！」侍衛冷聲說道。

男子們聽了，哪敢逗留，連滾帶爬地消失在巷子中。

見人被打跑了，祁雲菲嚇得蹲在地上，抱著腿低聲抽泣。

香竹也被嚇得不輕，但已經回神，趕緊過來安慰祁雲菲。

衛岑瀾見人跑了，便不想出來，可是小姑娘已經蹲在地上一刻鐘，哭得甚是可憐。

想起第一次相遇時，她一害怕，就躲到他背後哭，便忍不住走過來。

「莫要哭了。壞人跑了，妳快回家去吧。」

聽到這個清冷的聲音，祁雲菲不覺停止了哭聲，抬起頭來，慢慢望向面前的男子。

她先是看到黑色的皂靴，接著是深藍色的綢緞衣裳，衣襬繡著繁複花紋。再往上，是黑色的腰封，再往上……

他好高啊，高到她蹲在地上看不清楚他的臉，只看到他遞來的帕子。

這方帕子是素色的，握著帕子的手骨節分明、修長有力。

想到自己的臉肯定哭花了，祁雲菲的臉泛起紅暈。她本不想伸手的，只是，帕子一直舉在面前，又怕在救命恩人跟前出醜，遂接過帕子，擦了擦臉。

擦完後，她想站起身，無奈蹲了太久，腿早麻了，身子竟往一旁倒去。

衛岑瀾見狀，不由伸手扶住她的胳膊，這才發現，小姑娘也太瘦弱了些，胳膊瘦巴巴的，一手就能握住。

在祁雲菲站穩之後，衛岑瀾便縮回手，負在身後，彷彿一切都沒發生過一樣。

被陌生男子扶了一下，祁雲菲滿臉通紅，有些不知所措。不只面色，連剛剛被他碰到的地方，也火辣辣的。

但是，若這男子不扶她，她就要摔倒了。況且，她如今著男裝，想必他不知她是個姑娘家。

祁雲菲站穩後，終於看清楚男子的長相，黑髮玉冠、劍眉星目，眼神冰冷、薄唇緊抿，一副生人勿近的樣子。

氣質雖冷，但這相貌著實太好看，比世人公認的美男子靜王還要好看一些。

祁雲菲又愣怔一下，出聲了。

「我們是不是在哪裡見過？」不知為何，她總覺得這人給她的感覺很是熟悉。

衛岑瀾本就知道小姑娘長得好看，離得近了，更肯定這一點。大大的杏眼、長長的睫毛，秀眉微蹙，一副認真思索的模樣。

不過，再好看，也只是個小姑娘。

衛岑瀾看了一眼，便收回目光。

聽見祁雲菲的問話，他仔細琢磨了一下。

他本不想提及那件事，畢竟涉及後宮，知道太多對她不好，最好忘了才是。但當日她也在，既然想起來了，他不好太過隱瞞。

於是，衛岑瀾點了點頭，道：「楊柳村……」

他剛說完這三個字，祁雲菲眼睛突然亮起來，驚喜地問：「你認識我舅舅？」

看著祁雲菲驚喜的模樣，聽她扯到別的事情，衛岑瀾心中一喜，鬼使神差地默認。

「嗯。」

孰料，他剛應完，便聽她接著問：「那我舅舅現在在哪裡？」

衛岑瀾傻了。

祁雲菲渾然未覺，此刻欣喜異常，完全忘了剛剛受驚的事。

這些年，柔姨娘一直在託人找韓大松。前世入了靜王府後，她也請人查過，但一直沒查到，遂當他死了。

活了兩輩子，她第一次遇到識得韓大松的人，如果他還活著，她跟柔姨娘便可去投奔，也不用為以後的日子憂慮了。

看著祁雲菲期待的眼神，那些實話，衛岑瀾怎麼都說不出口，抿了抿唇，心裡喟嘆一聲。

也罷，既然小姑娘救過他，他便幫她一回，找到她的舅舅吧。

於是，衛岑瀾開口了。「這事暫時不便透露。」

本以為祁雲菲會失望，不想聽到他如此含糊的話後，她卻是更加驚喜，先是眉眼彎彎，緊接著，眸裡泛起淚意。

「你是說……我小舅舅還活著？」

衛岑瀾覺得，這個問題太難回答。撒了一個謊，便要用無數個謊言來圓，他已經很久沒有這樣的感覺了。

他不知道祁雲菲的舅舅是誰，是做什麼的，也不知他在哪裡，是死是活。若此刻說人活著，結果卻死了，對她來說是巨大的傷害。一開始沒有期待，結果自然不會失望。

他不想騙她，不想欺騙這般單純、於他有恩的小姑娘。

「我多年未曾跟他聯繫，並不知他的近況如何。」

剛說完，就見祁雲菲期待的表情漸漸暗下，眼裡的星光一下子滅了。

衛岑瀾微微蹙眉，心裡很不舒服，又補充一句。「如果妳想知道，本……我可以幫妳查。」

話音一落，祁雲菲眼中快要滅盡的光，瞬間又亮了起來，漂亮的眸裡彷彿盛滿星子，璀璨奪目。

「謝謝您！」祁雲菲感激地說道。從衣著和氣度來看，便知眼前的男人不一般，他肯幫忙，說不定很快就能找到小舅舅。

看著小姑娘信任的目光，衛岑瀾沈聲道：「不客氣。時辰不早了，快些回去吧。」

祁雲菲笑著點頭，隨即又想起今日發生的事，有些羞赧地問：「對了，只知道您認識我舅舅，還不知您姓什麼？」

衛岑瀾想了想，說：「岑。」

祁雲菲琢磨著該如何稱呼他，思索一會兒，道：「岑大人，今日的事多謝您了。」

雖然他認識韓大松，但一看便知不是普通人，也叫「舅舅」怕是逾矩，惹他不喜。

衛岑瀾看著面頰泛紅的小姑娘，這還是第一次有人如此稱呼他。「不必，畢竟我認識妳舅舅，幫妳一下，也是應該的。」

「不管如何，還是謝謝您。」

祁雲菲道謝完，心情愉悅地帶著香竹離開了。

待祁雲菲主僕走遠，衛岑瀾的臉色冷下來，看向一旁的侍衛，出聲吩咐。

「冷，去給青王帶個口信，限他三日內遣散府中那些亂七八糟的人。若再讓本王發現他胡作非為，別怪本王不客氣。

「影，送祁三姑娘回府後，不用回來，去查祁三姑娘的舅舅如今身在何處。」

兩個侍衛應是。

說完這些，衛岑瀾大步離開了。

另一邊，正在府裡等著絕世美男的青王，還沒來得及高興，便聽到冷侍衛傳了衛岑瀾的訓斥，臉色一下子變得蒼白。

見冷侍衛說完要走人，青王趕緊用胖胖的手抱住他的胳膊，一把鼻涕、一把眼淚地哀求。

「你告訴小叔，給本王留五個……不，三個，不能再少了！就三個！」他伸出三根白胖的手指。

冷侍衛面無表情。

看他依舊是一副冷冰冰的樣子，青王期期艾艾地說：「一個，一個總行了吧！」

冷侍衛依舊沒說話。

這次，青王真的哭了，坐在地上哭，打著滾地哭，遠遠看著像顆球。

「睿王可是我的親小叔，他怎能這麼對我？我不活了！不活了！」

然而，沒用。

他還在哭呢，就看到王府管事把人從他眼前帶走了。

那些人一聽是睿王的吩咐，哪裡還等三天，立刻收拾包袱跑了。與青王相比，自然是大權在握的睿王更可怕。因此，任由青王哭喊，也沒一個回頭，腳底似抹了油，跑得飛快。

眨眼間，青王府變得空空盪盪。

冷侍衛瞥躺在地上的青王一眼，毫不留情地離開了。

青王躺在地上，面如死灰，嘴裡嘟囔。

「一個個沒良心的，枉費本王平日對你們那麼好！本王還想著，避避風頭後，就把你們接回來。哼，真是看錯你們了。」

祁雲菲回府後，依舊面帶笑容，把桂花酥交給祁思恪，腳步輕快地回了房間。

她想著，要不要把這件事情告訴柔姨娘，最後還是忍住了。萬一岑大人沒打聽到小舅舅的消息，抑或小舅舅已經死了，豈不是讓柔姨娘空歡喜一場？

於是，祁雲菲一個人沈浸在大喜和大悲之中。

喜的是，終於見到識得小舅舅的人；悲的是，怕得知小舅舅已經不在人世的消息。

晚上脫衣睡覺，她才發現，懷裡多出一方帕子，是白日時岑大人給她的。

看著帕子，祁雲菲有些出神。

「姑娘？」

聽到香竹的聲音，祁雲菲趕緊把帕子藏起來。

還是洗乾淨了，下次還給岑大人吧。

第二日醒過來，祁雲菲這才想起，她忘了最重要的一件事——

岑大人只說去打聽了，可他們並沒有約好在哪裡見面啊，這可如何是好？

香竹聽到她的擔憂，笑著說：「姑娘，奴婢看您是太過歡喜才忘了，岑大人既然能認出您，便知道您的身分。即便不知，打聽舅老爺的事情時，也會知曉柔姨娘在哪裡。若要遞消息，定會遞到國公府來。」

經香竹這麼一說，祁雲菲恍然大悟。「對哦，妳不說，我都忘了。」說完，又陷入沈思之中。

昨日，她先被嚇了一跳，然後又因韓大松的事驚喜，以至於忘了這麼重要的地方。現在想想，疑點很多。

裝。

首先，岑大人是怎麼認出她的？她分明穿著男裝。能認出來，肯定已識破她的偽裝。

還有，她沒見過小舅舅幾次，而且每次都沒有外人在，他如何得知她是誰？

可岑大人一下子便說出韓家在哪裡，難道是外祖父下葬那日見到的？

祁雲菲微微蹙眉，沒再糾結這件事。畢竟岑大人救了她，可見沒什麼歹意，且還願意幫她打聽小舅舅的消息，著實是喜事一件。

# 第六章

過了十幾日後，祁雲菲沒等來韓大松的消息，流雲國二皇子倒是來了。

祁雲菲聽說之後，很是欣喜，想著過幾日玉珠的價錢漲上去，就把它們全賣掉。

此刻，被祁雲菲惦記的二皇子正在衛岑瀾和靜王、青王的陪同下，逛著大齊皇宮。

二皇子的神情很是倨傲，審視著宮裡的陳設，那眼神彷彿在說，大齊不過如此。

衛岑瀾臉上無甚表情，靜王也是笑盈盈，唯有青王看到二皇子撇嘴時，不高興了。

「不知二皇子這是何意，對大齊皇宮有什麼不滿嗎？」

二皇子瞥青王一眼，又看衛岑瀾。「不敢，本皇子並無此意。」

靜王也打量著他們，狹長的鳳眼瞇了瞇。「三弟，你怎能說這樣的話，我瞧二皇子很是和善，並無你說的那些意思。」

這話若是衛岑瀾說的，青王可能還會收斂，既是靜王說的，他就沒什麼顧忌了，直截了當地問：「既不敢，那你撇什麼嘴？」

這話當真是一點面子都不給。

靜王微微蹙眉，瞪青王一眼。

二皇子也沒想到青王居然直接問出口，表情訕訕，看看衛岑瀾，說出實情。「倒不是不滿，就是覺得太素了些。」

青王打量二皇子身上五顏六色的衣裳，嗤笑一聲。「難道要像孔雀一樣才好看嗎？這身青一塊、紅一塊的，倒是跟乞丐穿的差不多。」

青王的嘲諷實在太過，二皇子的臉色頓時變得難看，沈下臉，就要發火。

這時，一直沒出聲的衛岑瀾終於開口了，斜睨青王，冷聲道：「向二皇子道歉。」

「小叔，您沒聽到他剛剛說……」

「嗯？」衛岑瀾淡淡地發出一聲。

青王癟癟嘴，對二皇子道：「對不起，是本王言語無狀，還望二皇子不要計較。」

畢竟在大齊的地盤上，且出使大齊是為了兩國邦交，二皇子見青王道歉，就忍了。再說了，青王不是重要人物，若衛岑瀾對流雲國是如此態度，他就得掂量掂量，要不要勸父皇繼續跟大齊合作了。

青王雖然賠了不是，但心中卻憋著一股火氣。二皇子也被青王說得心情不好，所以，兩人都沈默了。

靜王瞥著青王，暗道一聲蠢貨，便站到青王和二皇子中間，陪二皇子說話。沒幾句話，二皇子臉色恢復如常，跟靜王愉快地聊了起來。

青王見狀，瞪靜王一眼，去衛岑瀾身邊了。

四人走著走著，二皇子忽然被一名路過的宮女吸引了。

「站住！」

二皇子湊上前，仔細盯著宮女頭上的珠子瞧，激動地問：「這珠子顏色好漂亮，在哪裡買的？」

宮女瞧見站在後面的衛岑瀾，嚇得趕緊把頭上的珠子摘下來，遞給二皇子。

「是……是別人送的。」

二皇子拿起珠子，在陽光下照了照，揚起愉悅的笑容。「真好看。這般一照，更漂亮了。」

青王見二皇子拿著一顆大齊人不喜歡的便宜珠子看，剛想譏諷幾句，就瞥見衛岑瀾的目光，頓時不敢言語。

二皇子研究完，問衛岑瀾。「睿王爺，這珠子是大齊產的嗎？」

衛岑瀾看看二皇子手中的珠子，眼裡閃過一絲異樣色彩。「正是。此為大齊南邊產的彩色玉珠。」

聽到這珠子不是獨一無二，二皇子把珠子還給宮女，開心地問：「可有賣？」

衛岑瀾點頭。「有。」

二皇子接著問：「一顆多少錢？」

靜王笑著回答。「這珠子並不貴，本王送……」

話未說完，就被衛岑瀾打斷了。「一顆二十兩。」

青王聽後，瞪大了眼睛，不可置信地看向衛岑瀾，立時露出笑容。不愧是小叔！他早看這個二皇子不順眼了，還以為小叔能忍，沒想到小叔竟會如此反擊。

見靜王欲開口，青王連忙扯他一下。

靜王微微瞇了瞇狹長的眼，生出一絲怒氣。

青王也不懼，回瞪他一眼。

接著，衛岑瀾一本正經地解釋。「這珠子原本很便宜，若殿下兩個月前來，大概一顆一兩。只是，最近有富貴人家喜歡這珠子，全部買走，如今市面上已經沒有了。」

衛岑瀾說的是實話，不過，隱瞞了一部分。比如，收珠子的人是他。

青王以為衛岑瀾在說謊，心想等會兒趕緊派人把京城裡所有的彩色玉珠買走，到時狠狠賺上一筆，當真是划算。

於是，他連忙擋在靜王身前，笑著說：「小叔說得極是。這珠子每年產量極少，僅千餘顆左右，如今早就賣完了。」

齊南的彩色玉珠產量少是真的，然而大齊人喜歡素色，這珠子雖然稀少，卻不甚珍貴。齊南的百姓也只是拿著這珠子玩罷了，並沒有當成一種營生。

二皇子聽了，眼神熱切至極。「銀子不是問題，望睿王爺為我尋些過來。」

衛岑瀾想了想，道：「二皇子放心，本王定會仔細幫你找。若是找不到，明年有了珠子，便派人送去流雲國。」

京城跟京郊附近的彩色玉珠都被他收來了，不知別處有沒有。如果有，勢必要耗費人力跟錢財去尋，價錢自然就漲了。

不過，倘若這種玉珠能被流雲國喜歡，說不定能成為當地百姓的營生，所以他才大大抬高了價。

至於送出去的玉珠，衛岑瀾從沒想過要回來。既是小姑娘喜歡的東西，他怎會奪人所愛。

「多謝王爺。」

說完這件事，雙方氣氛明顯和諧許多，繼續逛皇宮。

兩位王爺都這麼說了，大齊的官員自然不會扯後腿。雖然彩色玉珠在大齊不值錢，但能高價賣給別國，也是喜事一件。

所以，底下的官員開始向流雲的使臣吹噓這珠子有多好。

靜王有心說話，然而所有人都不配合他，硬要開口便顯得不識時務，只得作罷。

等流雲國的使臣離開皇宮，去了下榻的地方後，二皇子立刻吩咐人去找珠子。不僅他，靜王也派人去尋了。

二皇子是真的喜歡彩色玉珠，靜王則是想要私底下討好二皇子。結果，真被衛岑瀾說中了，滿京城的確一顆都找不到。

衛岑瀾把珠子全買走了，自然知道京城沒有。等二皇子的人回來後，他讓鴻臚寺放出消息，收購沒用過的玉珠，一顆二十兩。

這消息一出，很多人心動，然而彩色玉珠不值錢，即便家裡有，也都是用過的。幾天過去，收到的珠子不到十顆。

與此同時，祁雲菲也得到消息。為了安全，沒親自去賣，讓韓家鋪子的周掌櫃去。花不到一百兩買的珠子，轉眼便賺了二千多兩，祁雲菲簡直不敢相信自己的眼睛。她記得，前世此時，這珠子只值五兩，過了兩年才漲到十兩。沒想到今生突然一下子漲到二十兩，當真讓人意外。

雖不知是何原因，但這銀票畢竟是鴻臚寺給的，甚是可靠，她就沒再多想。

前後兩世，她還是第一次見到這麼多錢，距離六千兩的數目，只剩三千多兩。

不過，玉珠難得，賺完這一筆後，還是要找找別的法子賺錢才是。

另一邊，衛岑瀾看著面前的一百多顆珠子，啞然失笑。

沒想到，他千方百計為小姑娘尋來的珠子，兜兜轉轉，又回到他的手中。不過，小姑娘也真是聰明，知道趁著玉珠值錢，趕緊賣掉。

過了幾日，衛岑瀾見二皇子對彩色玉珠越發渴求，便拿出這一百多顆。看著二皇子眼中的驚喜，解釋道：「這是本王讓人去大齊各地買回來的珠子，一共就這麼多了。」

至於錢財的事情，提也未提。

二皇子甚是歡喜，兩眼發光。他最喜歡這種顏色絢麗的東西，跟他的衣裳極配。不僅他喜歡，流雲國的人也喜歡。

這幾日，他打聽過了，這種珠子產量的確低。當然了，他也打聽到，以前這珠子不值錢。不過，財大氣粗的流雲國根本不把這些放在心上，一年產量一千顆，也才兩萬兩銀子。

他甚至把珠子低價這件事當成大齊的人假清高，沒眼光，若將這些彩色玉珠帶回流雲國，不知道要羨煞多少人。到時候，他能拿著這些珠子，換更多的好東西。

想到這裡，二皇子命人將一把鑲滿彩色寶石的華麗小弓，送給衛岑瀾。

衛岑瀾看著面前小小的弓，向來沒什麼表情的臉微微動了一下。這弓如此輕，又如此小，一看就是給姑娘家用的，送給他合適嗎？

況且，弓箭是拿來用的，鑲嵌那麼多寶石做什麼？華而不實。

幾番推辭，見二皇子執意要送，衛岑瀾也只好收下了這份謝禮。

回府的路上，衛岑瀾心想，他為小姑娘收了這麼多的珠子，沒想到不僅沒賠錢，竟然還賺了。在大齊，弓上的一顆寶石，就抵過那些珠子了。

這事，著實有意思。

他因她賺了一筆，欠她的債又多了一些。

聽說二皇子送衛岑瀾一把貴重的弓箭，靜王臉色陰沈得很。

明明由他負責接待二皇子，鴻臚寺也聽命於他。可鴻臚寺的人找到珠子後，根本沒來稟報，直接去找衛岑瀾。

流雲國的二皇子亦沒謝他，反而去討好衛岑瀾。

他就不明白了，衛岑瀾除了會打仗，還會什麼？

但不管是大齊的人，還是流雲國的人，一個個都對他又怕又敬。

如今坐在皇位上的人是他父皇，將來，這位置不是他，就是青王來坐，輪得到衛岑瀾嗎？

他正想著，外面傳來侍女的聲音。「王爺，王妃請您去正院用晚膳。」
靜王陰著臉道：「滾！」
侍女哆嗦一下，連忙垂著頭，快步走開。
靜王喜怒無常，雖然她是靜王妃身邊的人，但若靜王執意要罰，靜王妃也不敢多說什麼。
眨眼到了十一月中旬，流雲國的使者離開了，祁雲菲沒再想出賺錢的好法子。祁三爺那邊也沒什麼動靜，沒聽說承恩侯府逼他還錢，也沒聽說李氏要賣柔姨娘。
轉眼間，又到了去正院請安的日子。
祁雲菲在櫃子裡找了找，尋出一件不太起眼的鵝黃色小襖換上。
前世，三姊姊被祁三爺嫁出去之後，她跟柔姨娘便日夜惶恐，生怕他一不高興，也把她賣了。
兩人遂商議一番，決定去討好祁老夫人。
為此，她沒少穿鮮亮衣裳，也沒少往祁老夫人面前湊。
可最終呢，她被送去靜王府的事情，便是祁老夫人和大房做的主。而且，她也沒少被祁雲昕、祁雲嫣使喚。

如今，她已經不指望定國公府能幫她什麼，只希望不被任何人注意，安安穩穩度過這幾個月。

雖然小襖顏色淡，但祁雲菲皮膚白皙，襯得小臉又白嫩了幾分。

穿好衣裳，祁雲菲沒有描眉，也沒有塗胭脂，素著臉，跟在李氏身後去了正院。

# 第七章

祁老夫人屋裡炭火充足，著實比別處暖和不少，掀開門簾，便感覺熱氣迎面襲來。

二房的人已經到了，正跟祁老夫人說話，祁老夫人被二姑娘祁雲嫣逗得開懷，笑得前仰後合。

三房的人進去，眾人也沒停嘴，不過瞥她們一眼，又繼續聊起來。

祁雲菲見狀，暗暗高興，跟上次一樣，找了個角落的位置，默默坐下。

李氏與她不同，見眾人聊得開心，便使勁湊過去，也不管人家理不理她，不停地找話說。

「二嫂說得極是。」

「啊？真的嗎？」

「天啊，我竟然不知道……」

一會兒後，二夫人張氏終於搭理李氏，不過，無論眼神還是語氣，都流露出鄙夷。

雖然祁雲菲離得遠，也看出來了，但李氏一臉求知的模樣，不曉得是真不知，還是裝不知。

張氏順著剛剛的話說下去：「……說是讓內務府準備皮子，等下個月皇上過五十壽辰時穿。不過，京城多少年不興這個了，可見小地方來的，當真不懂咱們的時興。」見張氏肯搭理她，李氏立刻點頭。「可不是嗎。這幾年哪還有人穿這個，如今時興帶毛邊的。」

兩人正說著，大房的女眷也來了。

今日祁雲昕披了大紅色的披風，領邊有一圈白色狐毛。她本就長得好看，這般映襯下，更顯得可愛，甚是嬌嫩可人。

羅氏和祁雲昕向祁老夫人請安後，李氏笑著稱讚。「如今京城最時興的，不就是大姑娘這一身打扮嗎？大姑娘這般穿可真好看，京城裡再沒有比妳更俏麗的姑娘了。」

雖然祁雲昕瞧不上李氏，不過也喜歡聽別人的讚賞，微微一笑，又在屋內逡巡一圈，看到縮在角落裡的祁雲菲，見她只穿了鵝黃色小襖，臉上露出滿意的神色。

她自然是整個定國公府，乃至整個京城最好看的姑娘，無奈有人眼瞎，竟拿她跟三房的庶女比。從前，祁雲菲很不懂事，時常跟她穿一樣的衣裳，如今不知怎的改了，顯得越發小器，上不得檯面。

她正得意著，卻聽祁雲嫣道：「我記得，之前四妹妹不是也做了一件這樣的披風，今日怎麼沒穿呀？」

祁雲菲正想著心事，乍聽祁雲嫣的話，嚇了一跳，抬頭看向眾人，發現祁雲昕眼裡的狠戾，憶起前世的遭遇，忙道：「沒有，二姊姊記錯了。妹妹身量不如大姊姊高，又不如大姊姊好看，壓不住大紅色的衣裳。而且，妹妹命賤，穿狐裘會起疹子。」

前世，大約就是這個時候，她跟祁雲昕披了同樣花色的披風，但料子哪能相比，祁雲昕的披風比她的貴了不止十倍。

來請安時，眾人雖然都誇祁雲昕的披風漂亮，但好多丫鬟偷偷說，她穿得才好看。這些話，自然傳到了祁雲昕的耳中。

幾天後，祁雲菲再披那大紅色的披風，脖子裡竟起疹子。又過幾日，披風就不知被誰劃爛了。

如今，她有了逃跑的意圖，自然不會多生事端，引人注意。

李氏自是知道祁雲菲有哪些衣裳，裡面的確有件這樣的披風。不過，定國公府是大房掌管，她自是不會惹大房不高興。所以，即便看不上祁雲菲，也沒給自己找麻煩。

對於祁雲菲的回答，李氏頗為滿意。

不僅李氏，祁雲昕也滿意至極，微抬下巴，看了祁雲嫣一眼。

祁雲嫣瞪回去。「許是妹妹記錯了。」

祁雲嫣從來沒把祁雲菲放在心上，定國公府裡，唯有祁雲昕才是她的對手。大家同為嫡出，如今都到了說親的年紀。

她之所以這麼說，是因為祁雲昕非常滿意自己的相貌，不喜歡比自己更貌美的祁雲菲。

其實，要她說，祁雲菲不過是個庶女罷了，有什麼好在意的？難不成一個庶女還能比她們嫁得更好不成？即便是她們挑剩的人，也不會看上祁雲菲。

不過，當個妾還是夠格的。

張氏看看女兒，換了話頭。「剛剛我們還在說，如今京城時興的衣裳，可不正是大姑娘穿的這種？」

聽到這話，眾人的目光再次回到祁雲昕身上，說起宮裡的嬈貴人要皮子的事。

祁雲菲鬆了口氣，從這些話裡想起一件事。

前世，平德帝的壽宴上，嬈貴人穿著皮子和棉襖做成的衣裳，跳了一支舞，驚豔眾人，被封為嬪。

因為嬈貴人那身打扮，京城的皮子瞬間賣光。

商人去北邊進貨，發現北邊大雪，路不通了。等新的皮子運到，已經是來年開春，天熱起來，便穿不住了。

現在是十一月中旬，從北邊一來一回，用不了一個月。早些過去，興許遇不到那場大雪。

祁雲菲的眼睛亮起來，她終於想到新的賺錢法子了！

第二日，祁雲菲故技重施，在祁思恪面前裝模作樣一番。

祁思恪果然上當，再次對祁雲菲頤指氣使，使喚她出門買糕點。

這次出門，祁雲菲學聰明了，把眉毛畫得粗粗的，顯得眼睛小小的，臉上塗黃，甚至在上面點了幾顆痣。這般一裝扮，再無往日的嬌嫩模樣，便沒那麼顯眼了。

出了門，祁雲菲先到韓家鋪子，把自己的打算告訴周掌櫃，讓他去北邊進些皮子。

雖然周掌櫃忠心耿耿，但見祁雲菲年紀小，怕她不懂行情，便提醒幾句，如今皮子在京城賣得並不好。

祁雲菲早已想好理由，拿定國公府出來說事。

果然，周掌櫃聞言，沒再說什麼，安排夥計照顧鋪子，幾日後親自去北邊採買。這次要用的銀錢多，交給別人辦，他不放心。

吩咐完周掌櫃後，祁雲菲便安心留在定國公府繡花了，同時注意著周遭變化，以期多想起些前世的事。

之前柔姨娘一直擔心，女兒總往外面跑，實在不太妥當。如今見她待在府裡繡花，才放下心。

眨眼到了十二月初，天氣越來越冷，平德帝的壽辰也到了。

以前，皇后曾生下嫡子，自小便跟定國公府訂了娃娃親，可惜大皇子早夭，沒能成就這段姻緣。如今在世的皇子，都不是皇后親生的。

從那時起，定國公府便跟皇后關係極好。漸漸地，皇后地位越來越穩固，定國公府的勢力也越來越大，隱隱成為京城數一數二的世家大族。

如此，平德帝的壽宴自然有定國公府的一席之地，不過這般重要的場合，祁老夫人向來不會想到三房，偶爾才會施恩帶著她們。

為了祁老夫人這微薄的善心，雖然已經過了十五，李氏仍舊日日去正院請安。連帶著，祁雲菲也要過去。

對此，祁雲菲非常苦惱，可柔姨娘卻非常開心，連忙找出祁雲菲今年新做的衣裳。

「瞧瞧妳，整日穿得這麼樸素。老夫人喜歡小輩穿得鮮亮，快換上這件紅色的。」

祁雲菲看著大紅色的披風，抿了抿唇。

這披風正是跟祁雲昕相同的那件。前世，她不過是穿了一回，第二回起疹子，第三回就被劃破了。

「姨娘，不必了，穿什麼都一樣。」

不管她穿亮色還是暗色，祁老夫人從未把他們三房放在心上。

「那怎麼能一樣？」柔姨娘不以為然。

祁雲菲道：「姨娘，正院有大姊姊和二姊姊，女兒沒必要打扮得這般出色。」

柔姨娘卻道：「老夫人本就不喜咱們這一房，妳若不打扮得漂漂亮亮，她如何看得上妳？要是看不上，妳就去不了宮裡。以妳的相貌，進宮後說不定能讓更多人瞧見，也能說個好婆家了。」

祁雲菲的眼神暗了暗。「姨娘，打扮得太漂亮，會礙姊姊們的眼，更不會饒過我。這披風雖然未曾上身，可前幾日二姊姊還拿出來嚼舌根，說這跟大姊姊的一樣。」

柔姨娘聽後，眸中的光彩瞬間黯淡，將手中的衣裳放到一旁，失落地說：「妳不出門，哪有人見得到妳？就怕妳父親哪日不清醒，像賣了妳三姊姊一樣，也把妳賣了。」

祁雲菲自是明白柔姨娘的心思，柔姨娘想讓她過得好，才擔心她的親事。

想到這裡，祁雲菲握握她的手，輕聲安撫。「姨娘，您放心，咱們的好日子在後頭。」

柔姨娘長長嘆了口氣。

前世，祁雲菲還存著爭一爭的想法，畢竟三姊姊已經被父親賣掉，不能指望父親。

然而，她越在祁老夫人面前表現，大房和二房的堂姊越是欺負她，不是叫她端茶倒水，便是要她在一旁打扇子。

為了自己的將來，為了給祁老夫人留個好印象，她都忍了。

結果呢？大伯為讓自己的女婿衛岑瀾登基，把她這個不重要的人推出去，進靜王府當內應，觀察靜王的一舉一動，防著靜王奪衛岑瀾的權。

為了家族利益，她做了犧牲品，難道他們不知，如果靜王真有動作，遞消息出去的她，下場會有多麼悲慘？

不過，雖然前世她被靜王殺了，卻絲毫沒有報仇的想法。

無論睿王、靜王還是定國公府，沒有一個好惹的，以她的本事，誰都惹不起。她只想帶著柔姨娘出去過安安穩穩的日子，最好能找到小舅舅，一家人在一起。

重活一世，她認清現實，再也不會妄想爭什麼了。

「哎，都隨妳吧。」柔姨娘眼角又有了一滴淚。她想讓人注意到女兒，又怕女兒被其他兩房的姑娘欺負，她向來沒主意，也不知該怎麼辦。既然女兒已經拿定主意，就這樣吧。

祁雲菲見柔姨娘不再逼她穿亮色衣裳，遂找了件半新不舊的襖子穿上，頭上只插一支銀釵，跟著李氏去了正院。

向祁老夫人請安後，祁雲菲找個角落位置坐下。

祁雲昕和祁雲嫣嘰嘰喳喳說著去宮裡的事，沒工夫搭理她，她倒是樂得清靜。

如此過了三日，祁老夫人依舊沒有開口讓三房女眷跟著進宮。

這時，李氏終於想起祁雲菲這個女兒了，拿她當幌子。「母親，菲兒年紀不小了，早該說親，最近兒媳正尋著合適的人家。若她有幸能跟著母親去宮裡見識一番，說不定能說個更好的親事。菲兒嫁得好，於咱們國公府也有利不是？」

祁老夫人聽了這話，抬眼看祁雲菲一下。

感覺到祁老夫人的目光，祁雲菲握緊手中的帕子。她不想進宮，也不想再見到靜王。這段時日，她隔三差五便作噩夢，夢到靜王來殺她，她不要去宮裡重溫舊夢。

祁雲菲坐在矮凳上，被前面坐椅子的人擋住，祁老夫人只能看到她的頭頂。

三房是老國公的血脈，卻不是她的。

老國公在世時，她對三房還算好，如今老國公死了，她哪裡會管三房的死活？至於三房要把女兒嫁給誰，跟她有什麼關係？最好丟了醜，分家出去才好！

祁雲昕也瞥向祁雲菲，在祁老夫人開口之前說話了。「我瞧四妹妹的臉色不太好看，最近是不是病了？病了便不好進宮，免得把病氣過給宮裡的貴人。」

祁雲菲實在長得太好看，即便今日只穿舊襖，可小臉依舊嬌嫩，讓人一眼就能發現。有這麼一個麗人在側，豈不是襯得她醜陋幾分？而且，許多男子都喜歡這種嬌嬌弱弱、上不得檯面的模樣。

祁雲昕攥緊了帕子，之前帶著祁雲菲出門時，世家公子多半會瞧上幾眼，但她這回進宮是有目的的，絕不允許出任何差池。

聽到祁雲昕的話，祁雲菲立刻拿帕子摀住嘴，輕輕咳嗽了幾聲。

見祁雲菲如此識相，祁雲昕挑眉，嘴角勾起一絲笑。但李氏的臉色可就不好看了。

祁雲菲抬起頭，看看李氏，又看看祁雲昕，咬著唇不講話，小臉憋得紅通通的。

祁老夫人見狀，輕哂道：「既然病了，便回去好好休息。若是有心，無論妳們身在何處，我都能感受到，不用經常來請安。」

這話是在說李氏了，李氏的臉臊得通紅，坐了沒一會兒，就帶著祁雲菲離開正院。

剛出正院的門，李氏的手便抬了起來。

前世祁雲菲沒少挨李氏的打，知道李氏心情不好，會把這事怪到她頭上，在李氏停住腳步的那瞬間，往後退了一步。

看著李氏憤怒的臉，祁雲菲緩緩道：「母親，如果祖母真想帶您去，不用您開口，她就會提，之所以把女兒扯出來，無非是想看咱們三房的笑話罷了。說到底，咱們才是一家人。三姊姊出嫁後，每個月給您不少銀錢，若女兒嫁得好，自然也會這般孝敬。」

李氏如何不知這個道理，只是沒想到，向來膽小的庶女竟變得如此通透。

這些時日，祁雲菲很是聽話，還拿月例買東西給祁思恪吃，李氏審視著她，說道：「最近妳倒是乖覺不少。」

祁雲菲微垂著眼，恭敬地對李氏福身。「女兒大了，到了出嫁的年紀，自然比從前懂事了。女兒知道婚事該聽母親的，且四弟弟才是我最能指望的人。」

李氏聞言，心情好了不少，把手收回來。的確，庶女已經長大了，若是嫁得好，對她兒子也有好處。

見李氏轉身，繼續往前走去，祁雲菲才鬆了一口氣。

幾日後，平德帝的壽辰到了，祁老夫人終究還是沒帶著李氏去。

等眾人從宮裡回來，祁雲菲聽說了兩件事——

其一，是她一直惦記的。壽宴後，京城裡的官宦之家都在說嬈貴人的衣裳好看。

其二，祁雲昕要嫁給睿王了。

這下，祁雲菲終於明白為何祁老夫人堅持不帶三房進宮，是怕她們去了，祁雲昕跟衛岑瀾的親事會出岔子吧。

祁雲菲想，如果祁雲昕知道以後發生的事，知道衛岑瀾不會登基，還去了極南荒涼之地，不曉得會不會後悔。

不過，她沒把這事放在心上，日日等著周掌櫃，希望他趕在大雪之前，帶著皮子從北邊回來。

# 第八章

隔日，空曠的宮殿裡時不時傳出幾聲咳嗽。

「咳咳咳，咳咳咳……」

「皇兄，您的身子如何了？」衛岑瀾有些著急地問道。

此刻，衛岑瀾像是換了個人一般，跟平時冷冰冰的模樣完全不同，眼神中流露出濃濃的擔憂。

平德帝抬手，接過內侍手中的帕子擦嘴，緩緩說道：「無礙，昨日生辰，一時貪杯。」

衛岑瀾抿唇，臉上露出不豫之色，轉頭看向內侍，冷聲道：「皇兄身子不好，爾等為何不勸著些？」

聽到這話，內侍們全跪在地上，瑟瑟發抖。

平德帝笑了笑。「不關他們的事，是朕心裡高興。本以為活不過五十了，沒承想，竟又過了一個生辰。」

「皇兄！」衛岑瀾提高聲音，打斷平德帝的話。

平德帝看看衛岑瀾，抬手讓內侍們退下。

很快，殿內只剩下平德帝、衛岑瀾以及平德帝的心腹內侍趙公公。

平德帝這才道：「朕的身子，朕心裡清楚，如今不過是苦苦熬著罷了。只是，有件事，朕一直放心不下。」

衛岑瀾聽了，抬眼看去，似是猜到平德帝會說什麼。

「岑瀾，你已經二十多歲，該娶妻了。說起來都怪朕，前幾年邊關不穩，你一直在戰場殺敵，沒能回京。這幾年朕身子不好，你又忙於朝政，耽擱了終身大事。如今邊境已平，流雲國和大齊簽訂盟約，你也該娶正妃，繁衍子嗣。」

衛岑瀾沒講話。

「你可有中意的姑娘？」平德帝問道。

衛岑瀾搖頭。「沒有。」

這個問題，平德帝已經問過許多遍，但衛岑瀾的回答都是相同的。

從前，聽到這句話，平德帝便不會再說什麼，也不勉強他，今日卻多問了一句。

「那你覺得定國公府的姑娘如何？」

這話的用意非常明顯，衛岑瀾豈會不明白。他本想娶個喜歡的姑娘，沒遇到之前，誰也不想娶。

可是，平德帝的身子每況愈下，他不想讓他留下遺憾。

如今他沒有喜歡的姑娘，娶誰都一樣。

「但憑皇兄做主，臣弟沒有意見。」

平德帝笑了。「嗯，這一任定國公雖不夠穩重，但定國公府在京城是數一數二的世家，有幾百年底蘊。昨日我仔細瞧了瞧，定國公府的大姑娘相貌出眾、知書達禮，足以做你的正妃。況且，定國公府與皇后交好，娶他們府上的姑娘，倒也不錯。」

衛岑瀾明白平德帝的意思，未曾反駁，恭敬地說：「皇兄做主便是。」

平德帝聞言，心裡有些不是滋味。當年父皇跟母后去世時，衛岑瀾不足三歲，可說是他親手帶大的，豈會不知衛岑瀾的心思。

「夫妻可以慢慢相處，若你實在不喜歡她，再納幾個可意的側妃便是。」

「是。」

衛岑瀾恭順應下，平德帝沒再多說什麼。

見平德帝臉上有了倦意，衛岑瀾親手服侍平德帝睡下，看著平德帝蒼老的臉色，心裡五味雜陳。走出宮殿，又交代內侍幾句，才離開皇宮。

正如平德帝為衛岑瀾著想一樣，衛岑瀾也為平德帝著想。縱然他不想娶妃，可看著平德帝蠟黃的臉色，實在不忍違抗他。他知道，平德帝是想拉近他與皇后的關係。

平德帝念舊，溫和善良，總希望身邊的人都能好好的。

反正，他並沒有喜歡的人，娶誰都一樣。

衛岑瀾輕輕嘆了一口氣，離開皇宮。

第二日，聖旨傳到定國公府。四個月後，祁雲昕將與睿王衛岑瀾完婚。

一時間，原本在京城中就很有聲望的定國公府更加炙手可熱，且臨到年關，來送賀儀的人越來越多。

對此，祁雲菲欣喜不已，她喜的並非是祁雲昕和衛岑瀾的親事，而是來的人越多，府裡就越亂，更沒人注意到她這個不起眼的庶女。

李氏早跑到祁老夫人面前獻殷勤去了，正院需要人手，李氏便留下來。

祁三爺三天兩頭不回家，祁思恪上族學，整個三房只剩她一個正經主子，她想什麼時候出門，便拿祁思恪當幌子，直接從後門出去。

這種事不是一次、兩次了，門房早已習慣，每次都輕鬆放行。

過了幾日，周掌櫃終於趕在大雪之前，把價值二千兩的皮子送到京城中。

祁雲菲喚人收拾鋪子，一半賣筆墨紙硯，另一半賣皮子。為免招人眼紅，她讓周掌櫃把皮子分成十幾份，每日賣一點，正好在年前賣完。

然而，縱然她如此小心，韓家鋪子又如此不顯眼，還是被有心人注意到。因為，如今京城可是沒有皮子了。

這日，皮子剛剛賣完，便有幾個身著錦緞的男子進來，相貌跟穿著看起來像是大戶人家的管事。

夥計連忙上前招呼。「幾位爺，裡面請，不知想要買些什麼？」

為首的中年男子神色傲慢。「聽說你們鋪子有上好的皮子？拿出來給我們瞧瞧。」

夥計忙笑著說：「各位爺，真是不湊巧，今日剛賣完呢。若是想買，明日請早。」

話音剛落，他就被中年男子身後的小廝狠狠推了一把。「你這小子太不識抬舉，知不知道我們的身分?! 我們管事要買皮子，識相的趕緊拿出來！」

夥計哪裡遇過這樣的事，嚇得不輕，哆哆嗦嗦地說：「不是不賣，是沒有了。」

小廝惡狠狠道：「你再囉嗦一句，我們就把這鋪子砸了！」

祁雲菲在後面聽著，也被嚇到了，她從未經歷過這樣的事情，不知該怎麼辦。情急之下，想到一點，連忙吩咐周掌櫃幾句。

周掌櫃聽後，立刻出去。

「幾位爺，不知你們是哪個府上的？我們這鋪子是定國公府的。想買皮子，明日可以早些過來。」

中年男子臉上露出詫異的神色。「定國公府？你確定？」

周掌櫃笑著說：「這是自然。」

中年男子微微瞇眼。「你可知，敢冒充定國公府，定國公府絕不會輕饒。」

周掌櫃臉色依舊平靜，從容應答。「小的不敢。」

中年男子仔細審視他許久，想了想，道：「我們走。」

見外面的人走了，祁雲菲鬆口氣，吩咐周掌櫃今日早些關門，便帶著香竹回去。

祁雲菲不知道的是，她從後門進去，但剛剛自鋪子離開的幾個男人卻是走側門。雖然不是同一處，但進的府邸是一樣的。

此刻，定國公夫人羅氏正在廳堂裡看著這幾日別處送來的禮，越看，臉上的笑容越深。本以為定國公府在京城已經夠繁盛，沒想到女兒跟睿王訂親之後，來府裡送禮的人更多了。

這真是讓人欣喜，想必用不了多久，定國公府便能贏過其他權貴，成為京城中最有頭有臉的家族。

羅氏正開心著，見出門辦事的管事空著手回來，頓時不悅了。「皮子呢？不是說城裡的鋪子有賣嗎，怎麼沒買回來？沒用的東西！」

管事冷汗直流，連忙道：「夫人，不是小的沒買到，是掌櫃說那鋪子是咱們府裡的。小的不知是哪位主子的，不敢輕舉妄動。」

表面上，嫡支長房和二房站在一處，排擠三房。然而，私底下，嫡支也沒那麼和諧。祁老夫人偏心二老爺，跟羅氏有些不睦。羅氏和二夫人張氏又因管家的事不和。

看掌櫃的表現，不像在說謊，鋪子顯然不是定國公府公中的，也不是羅氏的。萬一這鋪子是祁老夫人或張氏的私產，該怎麼辦？

他不過是個外院的小管事，哪裡敢做這樣的主？

羅氏微微蹙眉。

不過，沒等她說話，就聽到背後門簾有一絲微動，接著，祁雲昕帶笑的聲音響起，人也過來了。

「莫要管那鋪子是哪位主子的，就說我要，明日去把所有皮子拿回來。即便祖母或二叔、二嬸知道，也只會親手奉上。」

聽了女兒的話，羅氏嘴角也露出微笑。是了，女兒馬上就要嫁入睿王府，如今全京城誰人不知，大齊以後會是衛岑瀾的，她女兒也會是大齊最尊貴的女人。

貨物能被未來的皇后娘娘看上，也是這鋪子的榮幸。

羅氏想著，垂頭打量這些時日送來的禮物，笑容加深，神色倨傲地吩咐。「去吧，就說是大姑娘想做皮襖。」

聽祁雲昕發話，管事心裡有了底氣。而且，她說的是拿，連銀子都不用，想必這差事會極為順利。

「是，明日小的便把皮子送來。」

祁雲昕微抬下巴。「嗯，下去吧。」

第二日一早，管事就跑到韓家鋪子去了。

他們到的時候，已經過了巳時，今日的皮子已經售完，鋪子裡只剩筆墨紙硯。

但管事比昨日更加蠻橫，直接挑明身分，說自己是為定國公府大姑娘來拿皮子，連錢都不付。

這些皮子是周掌櫃親自從邊關進的，邊關天寒地凍，雖託了鏢局押送，可路上仍舊凶險。這般辛苦弄回來的幾大車皮子，怎能白白給人，自是不肯。

而且，他不過是個小鋪子裡的掌櫃，根本不清楚世家貴族的事。他不知定國公府大姑娘是誰，也不知她要嫁給衛岑瀾。

可對方著實蠻橫，見情形不對，周掌櫃連忙對夥計使眼色。

夥計見狀，偷偷溜出去找祁雲菲了。

今日，祁雲菲被祁思恪攆出來買紙，在半路遇到夥計。聽夥計說了事情經過，祁雲菲什麼都沒想，帶著香竹，急匆匆跟他往鋪子跑。三人在街上跑，很是惹眼，很多人都注意到了。

此刻，衛岑瀾剛從宮裡出來，正欲回府。

雖然祁雲菲在臉上塗了不少東西，可衛岑瀾打量幾眼之後，還是認了出來。見她神色慌張，想到前幾日查到的事，遂跟過去。

祁雲菲到的時候，周掌櫃已經被管事打一頓，躺在地上動彈不得。而昨日來過的那些人，正從裡間抱出皮子。

搬完最後一張皮子，管事在周掌櫃耳邊嘲諷。「呵，不懂規矩的東西，若是早些把皮子拿出來，何必受這皮肉之苦？就算是你家主子在這裡，也只會雙手奉上，真是給你們主子丟臉！」說完，抬腳又要踢周掌櫃。

祁雲菲從沒遇過這樣的惡行，眼睛通紅地看著管事，大聲喝斥。「住手！」

管事冷哼一聲。「喲，這又是哪裡來的東西，敢對我大呼小叫？」

「少……少爺。」周掌櫃虛弱地道。

祁雲菲看見周掌櫃嘴角的一絲血跡，心怦怦直跳，憤怒至極，冷聲訓斥。「光天化日之下搶人東西，打傷人，還有沒有王法了?!」

管事冷笑。「王法？原來這鋪子是你的？不管你背後主子是誰，這皮子是咱們家大姑娘想要的，你給也得給，不給也得給！」

看著門外街上圍觀的人，管事又霸道地說：「你鋪子裡的皮子能穿到未來睿王妃的身上，那是你們的福氣！」

聽到這句話，人群嘀嘀咕咕地議論起來。

夥計來搬救兵時，只顧著害怕，沒弄明白對方是什麼人。聽見管事的最後一句，祁雲菲才恍然大悟。

竟然是祁雲昕！

可即便是祁雲昕又怎樣？這皮子才賣了幾日，連本錢都還沒收回來。如今離她前世嫁入靜王府的日子只剩三個月，若是任由他們搬走皮子，到時湊不夠銀子，她跟柔姨娘該如何脫身？

祁雲菲不知哪裡來的勇氣，忽然攔住了管事的去路。

「沒有主家的允許就帶走東西，是偷，是搶！就算是未來的睿王妃，也不能這般不講理，不講法！」

管事見面前這個不男不女的小子竟然如此膽大，正想抬腳踢他，人群中卻傳來一個聲音——

「說得好，睿王亦不會如此行事！」

祁雲菲轉身看去，一見來人，臉上立刻露出笑容，眼眶也忍不住紅了。

「大人，您來了。」

# 第九章

衛岑瀾俐落地下馬，朝祁雲菲走去。

見祁雲菲眼中充滿委屈，又有一絲見到他的欣喜，遂對她微微頷首，側頭看身側的侍衛。

侍衛會意，立時過去，在管事開口之前，亮出一塊腰牌。

管事看到腰牌上的字，嚇得臉色蒼白，腿控制不住地抖起來，目光中滿是恐懼，忍不住跪在地上，手中的皮子應聲而落。

「小的該死，小的該死，不知這鋪子是王爺的，求王爺饒小的一命！」他一邊喊著、一邊跪在地上磕頭。

「滾！」冷侍衛言簡意賅。

聽到這個字，管事連忙叫手下扔了皮子，帶著人灰溜溜地跑了。

百姓們不知道這群人究竟是什麼身分，也沒見過睿王，只知搶東西、砸鋪子的是未來的睿王妃，見仗勢欺人的被打跑了，發出來陣陣叫好聲。

一會兒後，熱鬧沒了，百姓便漸漸散了。

祁雲菲露出輕鬆的表情，正想俯身道謝，想起自己穿了男裝，遂雙手抱拳。

「多謝大人。」

「客氣了。」衛岑瀾淡淡地說，又看地上的皮子。

身後的侍衛連忙上前，把皮子抱回鋪子裡，祁雲菲也趕緊跟進去。

看著從地上爬起來的周掌櫃，祁雲菲道：「周叔，你還好嗎？去醫館看一看吧。」

「多謝少爺，不必了。」周掌櫃笑著道。只要保住鋪子裡的皮子，他就安心了。

祁雲菲看著周掌櫃臉上的傷，蹙了蹙眉。「還是去瞧瞧吧。」吩咐在一旁忙的夥計。「你陪周掌櫃一起去。」

「是，少爺。」

兩人走後，祁雲菲覺得臉上有濕意，抹了一把，原來她竟不知何時流淚了，臉上塗的東西也沾到手上。

香竹小聲提醒她。「姑娘，您的臉花了。」

話音剛落，祁雲菲便聽到身後有人進來，扭頭看去，見是救過她的岑大人，連忙摀住臉，跑進了裡間。

衛岑瀾正欲說話，沒想到小姑娘看他一眼之後，突然跑掉了，不禁微微蹙眉。

他有這麼可怕嗎？小姑娘剛剛見著他時，不是很激動、很開心，怎麼這會兒像是被他嚇到，一副見了鬼的表情？

其實，祁雲菲是想著，岑大人是她的救命恩人，這般花臉示人，似乎不太禮貌。而且，他認識舅舅，又知道她的身分，也沒必要隱瞞了。

把臉上的東西洗乾淨後，祁雲菲從裡間出來，一眼便看到站在櫃檯邊的岑大人。

此刻，外面的一縷陽光照進來，恰好落在他身上，烏黑頭髮變得金黃，多了一層柔和的光，不像平日裡那般清冷。

他身材頎長，側臉英俊，不像是人，倒像是神。不然為何每次都能從天而降，把她從危難之中解救出來？

衛岑瀾感覺到一絲灼熱的目光，抬眼看去，見小姑娘已經擦掉臉上髒兮兮的東西，露出原本面容，望向他的眼神中不再是懼怕，變成了驚喜，讓他心裡舒服不少。

雖然他對美色沒什麼興趣，但也不得不承認，小姑娘長得非常好看。嬌嫩的臉塗上那些亂七八糟的東西，極不順眼，還是這般清清爽爽的樣子更賞心悅目。

不過，他只見過她著男子衣裳的樣子，沒見過她的女兒裝扮。若是打扮一番，不知會是何種模樣。

察覺自己想得太遠了，衛岑瀾有些不自在，手握成拳放在唇邊，輕咳一聲。

祁雲菲偷看被發現，心撲通撲通跳起來，抿了抿唇，垂頭邁著小碎步過去。走到衛岑瀾身邊時，才微微抬首，柔聲說：「見過大人。」

聽到這絲甜膩的聲音，衛岑瀾沒什麼反應，只淡淡應了聲。

祁雲菲臉上的笑意卻沒有因為他的冷淡而消退。她知道，雖然他看起來冷漠，不苟言笑，目光鋒利，卻是個好人，不然也不會屢次救她了。

「您救了我兩次，不知該如何報答您。」

衛岑瀾心想，當初她也救過他，而且因著彩色玉珠，他反而得到更多銀子。相較於她當初幫他的，這些都是微不足道的小事。

「不必，舉手之勞罷了。」衛岑瀾道，又提起一件事。「今日過來，是要說妳舅舅的消息。」

祁雲菲聽了，眼睛睜大，臉上的笑容更深，激動地問：「您找到我舅舅了？」

衛岑瀾點頭。

「那，他……他……」祁雲菲太激動，有些話不知該如何問出口。「他還……」

看著小姑娘眼裡泛起水霧，衛岑瀾猜到她的意思，體貼地說：「嗯，他還活著。」

祁雲菲激動地捂住嘴巴，沒讓自己叫出聲，然而，眼淚還是克制不住地流下。

小舅舅竟然還活著！前世她一直沒打聽到的消息，今生終於得到了。

衛岑瀾最見不得小姑娘哭，見她一哭，便蹙起了眉。

「不過，雖然還活著，但他此刻在辦差，短時日內不能回來。而且，差事隱秘，不能告訴外人。」

祁雲菲先是搖搖頭，接著又點點頭，擦去眼淚後，抬頭對衛岑瀾道：「沒關係，只要知道他還活著就行。」

只要小舅舅還活著，她就敢帶著柔姨娘逃跑。

小姑娘沒多問，看著這雙對他極為信任的眼睛，衛岑瀾反而覺得有些愧疚。

這些日子，他四處打探韓大松的消息，終於在前幾日打聽到。原來，韓大松在邊關打仗時，被守將派到江舟國當探子。雖然大齊跟江舟國休戰了，韓大松卻還不能回來。之前朝廷有去韓家發撫卹的銀子，沒想到被隔房的村人昧下，也未把這件事告訴柔姨娘。

「他在江舟國。」

祁雲菲聽了，眼睛又瞪大了些。

「此事機要，切記不能說與旁人聽。」

祁雲菲回過神來，連忙點頭。「您放心，我不會說的。」

「嗯。」衛岑瀾沈沈應了聲。若是不放心，他就不會告訴她了。不過，今日他也衝動了些，因著她幫過他，便多說了幾句。

想到這裡，衛岑瀾道：「我還有事，先走了。」

聽見這話，祁雲菲望向衛岑瀾的目光中，有些不捨。

衛岑瀾誤解了祁雲菲的意思，以為她還在害怕，遂放緩了語氣，輕聲安撫。「妳莫要怕，繼續賣東西便是。不管睿王府還是定國公府的人，都不會再來找妳麻煩。」

祁雲菲一喜，點點頭，想到剛剛侍衛拿出腰牌時，管事說過的話，多問了一句。「您是在幫王爺做事嗎？」

韓大松從軍，岑大人又認識他，身上有王府腰牌，那應該是侍衛了。

衛岑瀾難得地愣了一下，才道：「嗯。」

是哪個王爺呢？京城中的王爺實在太多，多到即便她成了皇貴妃，也沒搞清楚。不過，見恩人似乎不欲多談，準備告辭，祁雲菲沒再多問。

「嗯，岑大人慢走。」

衛岑瀾對祁雲菲點了點頭，走出鋪子。

衛岑瀾離開許久後，祁雲菲仍舊站在原地，愣愣看著他離去的方向。

香竹收拾好鋪子裡間，出來見她看著門口發呆，且臉色微紅，帶著傻笑，忍不住問了一句。「姑娘，您這是怎麼了？」

祁雲菲一驚，回過神，笑著說：「沒什麼。」

「那您的臉怎麼紅了，又笑得那麼開心？」

祁雲菲眉眼彎彎。「因為岑大人跟我說，小舅舅還活著。」

香竹聽到這個消息，也笑起來。「真是太好了。等舅老爺回來，您跟姨娘的日子就能好過了。」

祁雲菲笑著點頭。

祁雲菲這邊陽光明媚，定國公府的院子裡卻是烏雲密布。

「你說什麼，那鋪子是睿王的?!」祁雲昕不可置信。

管事被嚇得不輕，此刻身子仍舊發抖。「是，而且今日睿王還親自去了鋪子。」

羅氏微微蹙眉。「怪不得鋪子裡有那麼多皮子。」

祁雲昕臉色難看得很，滿臉冷意，喝斥管事。「都怪你們，不中用的東西！不知道事先打聽嗎，什麼都不做，就砸了睿王的鋪子？居然還有臉回來，還不趕緊去睿王府賠不是！」

祁雲昕似乎忘了，是她讓管事去拿皮子，現在卻把事情全推到他身上。

管事嚇得腿抖個不停，看向羅氏。

羅氏厲聲道：「沒聽到大姑娘的話嗎，還不快去?!大姑娘的臉，都被你們丟盡了！」

等管事走後，祁雲昕扯扯羅氏的袖子，焦急地說：「母親，這可如何是好?咱們府裡的人砸了睿王的鋪子，他會不會怪女兒，因此退親啊？」

羅氏仔細想了想，拍拍女兒的手，安撫道：「妳放心，這親事是皇上訂下的，即便睿王想退，也沒那麼簡單。況且，這只是一件小事。」

「萬一他因此厭了我，該如何是好？」

羅氏聽了，眉頭緊鎖，細細思索起來，突然想到一件事。

「應該不會。鋪子裡的掌櫃不是說過，鋪子是定國公府的嗎？」

祁雲昕微微一怔，臉上露出喜色，略微激動地說：「母親，您的意思是……這是睿王準備給女兒的鋪子？」

羅氏不這麼認為，提醒女兒。「若真是為妳準備的，為何咱們府裡的管事表明身分之後，掌櫃還不肯交出皮子呢？」

祁雲昕臉上的笑容再次消失。「那王爺到底是什麼意思，該怎麼辦啊？」

羅氏道：「我也不知。」

祁雲昕見羅氏想不明白其中的深意，扯著她的袖子。「我不管，母親，您趕緊進宮問問皇后娘娘，這門親事絕不能就這麼退了，女兒一定要嫁給睿王。」

羅氏只是安慰女兒罷了，又何嘗不擔心親事成不了，連忙道：「好好好，明日母親就去。」

祁雲昕這才露出笑容。「嗯，母親對我最好了。」心中卻想，不管是不是替她準備的，等她嫁入睿王府，這鋪子就是她的，屆時定要好好教訓鋪子裡的掌櫃，把他跟夥計攆出去，誰叫他們竟然如此不識相！

雖然答應女兒明日去宮裡問問皇后的意思，但羅氏也不是就不做別的事情了。讓惹事的管事去道歉是一回事，然後又派人備厚禮送到睿王府。

等衛岑瀾從鋪子裡回來時，睿王府的王管事便上前稟報。

「定國公府來了人，畢竟是未來王妃的娘家，老奴怕他們跪在門口，丟了王妃的臉面，讓您被非議，便准他們進來，正在前頭院子裡跪著。

「還有，定國公夫人派人送禮，說是下人們不長眼衝撞了您，向您賠罪。至於這些僕人，要打要罰隨您處置，這是他們的賣身契。」

衛岑瀾側頭看看王管事手中的東西，臉上神情似乎更冷了些，片刻後道：「把人和地契送回去，讓定國公府處置。至於送來的禮，要定國公府的人親自送去韓家鋪子。」

王管家聽後，沒有一絲質疑，立刻應是。

衛岑瀾吩咐完，去了書房，想到今日發生的事，眉頭緊緊皺起來。

他這個王妃，似乎有些過分了，仗勢欺人，還在光天化日下唆使下人去別人的鋪子裡搶東西。

縱然他娶誰都無所謂，但也不願娶個這樣不知分寸的女子。

只是，娶定國公府的姑娘畢竟是平德帝的意思，裡面又牽扯到皇后……想到這些，衛岑瀾的臉色越發難看，輕輕嘆氣。

不過，也不是什麼都不能做。

與此同時，定國公府的人來到韓家鋪子送禮，請求周掌櫃原諒。

看著往日高高在上、對她頤指氣使的管事們低聲下氣，迴避到裡間的祁雲菲心裡有說不出來的感覺。但是，她也不想把事情鬧大，示意周掌櫃，很快便讓他們離開了。

等人走後，看著面前的貴重禮物，祁雲菲嘆氣，從中拿出十兩銀子給周掌櫃，剩下的全放在鋪子裡。

說到底，定國公府的人之所以會來，是看在岑大人的面子，確切地說，是他背後的王爺。下次岑大人來了，她要把這些東西還給他。

周掌櫃挨了打，得花錢看大夫，再加上鋪子被砸的損失，算下來，十兩就夠了。

不過，想到以後賣皮子時不會再有人打擾，祁雲菲還是挺開心，相信過不了多久，她就可以攢到六千兩銀子了。

又交代周掌櫃一番後，祁雲菲帶著香竹回府，把韓大松還活著的消息告訴柔姨娘。

柔姨娘萬分欣喜，母女倆抱頭哭了一場。

# 第十章

過了兩日，下朝後，衛岑瀾朝定國公走去。

定國公瞧見衛岑瀾，臉上不覺帶出笑，皺紋都多了幾層，看起來能夾死一隻蒼蠅。

「見過王爺。」定國公行禮。只是這禮跟從前不一樣，少了一些恭敬，多了一絲親近，畢竟睿王很快就是他的女婿了。

定國公正開心著，孰料耳邊卻傳來一句打破他美夢的話。

「定國公，本王最是厭惡仗勢欺人之人。不僅官要做好，家中的女兒，也要好好教一教。」

衛岑瀾說完，沒等定國公反應過來，便冷著臉離開了。

看著衛岑瀾的背影，風一吹，定國公感覺後背發涼。

祁雲昕究竟幹了什麼混帳事？看他回去怎麼教訓她！

出宮後，定國公立刻回府，一打聽便知發生何事，頓時火冒三丈，命人把祈雲昕叫過來。

祁雲昕來了，有些不耐煩地抱怨。「父親叫女兒做什麼？女兒正忙著繡嫁妝呢。」

見她下巴微抬、屁股快翹上天的模樣，定國公氣不打一處來。沒出嫁就敢如此怠慢他，以後嫁出去了，還能指望嗎？

「混帳東西！妳還沒嫁入睿王府，就敢做如此之事！滾回去抄十遍《女誡》，出嫁之前好好在家反省，不准出門！」

祁雲昕瞪大眼睛，不可置信地看著定國公。

她父親這是吃錯了什麼藥？自從她跟衛岑瀾訂親後，所有人都對她恭恭敬敬，祖母、父兄亦是如此，今日為何訓斥她了？

「父親，女兒可是要嫁給睿王，事情多著，哪有工夫抄啊。」祁雲昕不悅地嘟囔。

看著這個高傲得不可一世，又有些不知輕重的女兒，定國公冷哼。「這是睿王的意思，下朝後親自跟為父說的。」

祁雲昕的臉色頓時慘白。皇后不是說衛岑瀾沒把此事放在心上嗎，為何還這麼做？

「妳真當睿王不在意鋪子被砸的事？既然他去了鋪子，也親眼見到，就沒那麼容易消氣。若是妳前日跟為父說了，為父帶妳去向睿王賠罪，便沒這麼多事了。」

旁人不了解衛岑瀾的性子，他們這些在朝為官之人可是清楚得很。衛岑瀾看起來冷，但並非真的冷酷無情，他的冷面，只對著那些犯錯之人。

女兒做了這樣的事，已在衛岑瀾心中留下不好的印象。他得想想好好找個法子扭轉衛岑瀾對女兒的態度，也要讓衛岑瀾看到她悔過的心意。

祁雲昕臉色難看得很，這下再不甘願，也得好好抄完《女誡》，再送去睿王府了。

與此同時，京城某家酒樓裡，祁三爺正滿頭是汗地站在承恩侯世子面前。

「世子，咱們不是已經說好了？我幫您做事，您寬限我幾年。」

承恩侯世子撇嘴。「呸！你幫我的忙算什麼，夠你欠錢的利息嗎？小爺我手中的錢不夠花了，你趕緊還一些，不然別怪我對你不客氣！」

祁三爺覷承恩侯世子一眼，小聲說：「不是還有青王那邊？咱們幫他找幾個……」

一提這件事，承恩侯世子就來氣。

之前他替青王找相貌清秀的男子，青王向來大方，賞賜不少。可最近不知怎的，青王突然不要了，上次送個俊秀小廝過去，還被青王罵一頓。少了這條財路，他自是非常鬱悶。

「別提這事了，青王最近不好這一口。」

祁三爺皺了皺眉，小心翼翼地看承恩侯世子。「這可如何是好？」

承恩侯世子敲桌。「自然是趕緊把錢還給小爺！你不還，小心我把這事捅出去！」

承恩侯府早已沒落，府上的進項不多。世子的愛好與祁三爺一致，手頭並沒有錢，說起來，那六千兩銀子還是他故意坑騙祁三爺的，目的嘛，自然是逼祁三爺利用定國公府的名頭為他做事。

祁三爺也不是第一次欠人錢了，一聽這話，表情訕訕，厚著臉皮道：「可我手裡也沒錢啊，就算你押我報官，也生不出銀子。」

見承恩侯世子不講話，他又道：「我有沒有錢，您心裡還不清楚嗎？如果您有用得著我的地方，直說便是。」

承恩侯世子見祁三爺如此識趣，也不拐彎抹角了，嘀嘀咕咕在他耳邊說了幾句。

「聽聞定國公跟刑部尚書交好，我表弟牽扯到一樁人命官司裡……」

雖然祁三爺跟定國公是兄弟，可他在定國公面前沒什麼臉面，自然不想為這種事替承恩侯世子求情。但不求情，就得還錢。思來想去，還是咬牙答應下來。

過了幾日，定國公休沐，祁三爺去找他。

定國公哪裡是祁三爺這種廢柴可比的，祁三爺不僅沒能求到情，反倒被定國公套出前因後果。

定國公跟祁老夫人一樣，一直看不上祁三爺，巴不得這個沒用的東西出點錯，好乘機把他趕出府。所以，非但沒幫忙，還把祁三爺打了一頓。

祁三爺疼得起不了身，那叫一個氣啊！

祁三爺被抬回來時，祁雲菲正在自己房裡繡花。聽到外面的動靜，偷偷打開窗戶看了一眼，隨即關上。

對於祁三爺，她已經沒有絲毫感情了。

從他把她賣了，從他不顧她的處境上靜王府打秋風，從他想要賣了柔姨娘，從他打著她的旗號在外面為非作歹，從他打了柔姨娘又不顧柔姨娘死活……

她很討厭日日欺負她和柔姨娘的嫡母，可她更恨狠心的父親。說到底，她和柔姨娘的命運全繫在父親手中。如果父親不把她賣到靜王府，如果父親不打柔姨娘，她們就不會死。

重生歸來，她儘量避開父親，怕自己克制不住內心恨意，也對父親有著無盡恐懼。

三房的院子小，有什麼動靜都能聽到，沒過多久，祁雲菲聽到院子裡來來往往的人聲，聽到祁三爺中氣十足地罵人，看看手中的素色荷包，認真繡了起來。

過了一會兒，柔姨娘哭著進來。

「姨娘這是怎麼了？」

「唉，妳父親被國公爺打了。」

祁雲菲正繡著荷包，聽到這話，針一下扎到手上。

她等的機會，終於來了。

柔姨娘以為祁雲菲害怕，連忙安撫。「妳莫怕，打得不算太狠。大夫瞧過了，估摸著躺上一個月就能好，只是傷勢看著有些嚇人罷了。」

祁雲菲回過神來，淡淡說了一句。「哦，那就好。」她才不怕。

「這幾日妳父親心裡不高興，妳少去正院，待在自己屋裡繡花。」

「嗯，姨娘，您也避著些。」

柔姨娘一聽這話，立刻反駁。「這怎麼行？妳父親傷了，正需要有人伺候，我得好好服侍著。」

「姨娘，父親心情不好，您上趕著去伺候，豈不是會被父親欺負？」

柔姨娘蹙眉。「妳這孩子說的是什麼話？我本就是妳父親的妾，服侍他是應該的。這種時候，他離不開我。」

祁雲菲嘆氣。「姨娘，聽說前幾天父親喝醉酒，又打您了？」

柔姨娘有些不自在，拉拉袖子，想遮掩手臂上的瘀青。「沒有這回事，妳莫要聽別人胡說。」

「姨娘，您還是先躲著父親吧。」

柔姨娘不高興了。「住口！雖然他有萬般不好，可畢竟是妳的父親。」

聽見這話，祁雲菲脫口道：「把自己的女兒當成貨物一樣的父親嗎？我情願不要。」

柔姨娘大驚，掐她一下，低聲說：「妳最近是怎麼了，是不是招到什麼不乾淨的東西？不可再說這種話。」

既然話已經說開了，祁雲菲索性多說幾句。「姨娘，父親既然能把三姊姊賣掉，也能把女兒賣掉。如今三姊姊的日子並不好過，與其被父親如此安排，倒不如早些逃出去找小舅舅。」

柔姨娘聞言，臉色頓時變得慘白，顫抖著手指指著她，眼神中多了些不一樣的東西，卻沒有多言，只道：「好了，妳別說了。我先回去，妳好好在屋裡待著。」

見柔姨娘依舊如此，祁雲菲重重嘆氣，著實沒想到，最困難的事，竟然是說服她。

這幾日，祁雲菲沒出門，待在房裡繡花。

祁三爺傷勢未癒，也留在府中。

李氏套車去京郊的寺廟，柔姨娘向來懼怕李氏，很少同她出門，這次不知怎的，竟然也跟去。

柔姨娘回來後，把一碗烏黑的水端給祁雲菲喝，祁雲菲便明白了。

「姨娘，這是什麼？」

柔姨娘的目光有些閃躲。「是……是好喝的東西，補身子的。」

「您不說實話，女兒是不會喝的。」

柔姨娘聽了，有些著急。「快喝吧，我是為了妳好。」

祁雲菲低頭思索，抬眸時，不著痕跡地瞥香竹一眼。

香竹會意，道：「姨娘，奴婢聽到外頭有人喊您呢。」

柔姨娘側頭看去，蹙了蹙眉。「我怎麼沒聽到？」

「是真的，奴婢聽到了，剛才又叫您一聲呢。」

柔姨娘心想，可能是祁三爺叫她，便站起來，看著祁雲菲道：「趕緊喝了，等會兒我再來。我總不會害妳的。」說完便出去了。

柔姨娘一走，祁雲菲就把碗中的東西倒入花盆。

不一會兒，柔姨娘回來，嘴裡嘟囔著香竹聽錯了，不過看到祁雲菲已經喝下她給的東西，臉上泛起輕鬆的神色。

祁雲菲見狀，暗暗嘆氣。雖然手頭有錢了，逃跑的機會更大些，但也得柔姨娘配合才行。雖然柔姨娘疼她，但一提到這些事，就對她不滿，還以為她撞邪，如何能帶著柔姨娘逃跑？想必母女倆還沒出京城，柔姨娘就要偷偷回來傳信了。

不過，要她嫁進靜王府的事應該快被提起，祁雲菲心中又輕鬆了些。她記得，前世過完年沒多久，大伯便會以替父親還錢為由，唆使父親把她送入靜王府。

之前，她一直想著替父親還掉六千兩銀子，以躲避靜王府的親事。時隔幾個月之後，得知小舅舅還活著，遂改變主意。

前世，她根本不知道靜王為何要殺她，難保他今生不會對她下毒手，還是逃出京城比較妥當。

而且，父親能賣她一次，定能賣她第二次。

她要在李氏第一次想賣柔姨娘時，救出柔姨娘，再找人偽裝成富商買走她。這樣，她既替父親還了債，也能成功逃跑，便可光明正大拿著身分和路引，帶著柔姨娘去找小舅舅了。

這些日子，她一直往外面跑，發現外面沒那麼可怕，她跟柔姨娘偽裝一番，定能成功逃出大齊的。

另一邊，在府裡安安靜靜待了幾日之後，祁雲昕看著抄寫得工工整整的《女誡》，揚起得意的笑容。

這紙是她珍藏多年、頗為名貴的花箋紙，作詩時才拿出來。這次，為了讓衛岑瀾知道她的誠意，特地用的。

祁雲昕低頭聞聞紙上清新的茉莉花香，陶醉其中，仔細收好後，叫丫鬟伺候她梳妝打扮。

描眉、點唇、敷粉，戴珠釵、步搖，接著換上前幾日新做的大紅色襖子。襖子的領口、袖口都有一層白色狐毛，在大雪天穿上，有一番別樣的美。

看著銅鏡中的自己，祁雲昕得意至極。論相貌，京城中極少有人跟她匹敵，不信衛岑瀾見到她會不癡迷！

收拾妥當後，祁雲昕命人套車，去了睿王府。

# 第十一章

馬車駛到睿王府前，守衛看了帖子，自去稟告，不一會兒，便放他們進門。

可惜，雖然入了睿王府，祁雲昕卻沒能見著衛岑瀾。

王管事說，衛岑瀾在書房理事，不見客。

祁雲昕有些失望，把抄好的《女誡》交給他，笑著說：「還望管事轉達王爺，之前的事情有些不妥，都怪臣女沒約束好下人。自那日起，臣女閉門思過，日日潛心抄寫《女誡》，從未出門，請王爺原諒臣女管教不嚴之罪。」

王管事接過那疊帶著香氣的紙，去了書房。

書房中，衛岑瀾聽著王管事稟報的話，神色冷了幾分。

他讓祁雲昕進來，已是全了她的面子。畢竟，若不出意外，她便是他未來的王妃。管教不嚴？沒想到她還是個犯了錯便喜歡往旁人身上推的女人。再看王管事手中的《女誡》，衛岑瀾的嘴角勾起嘲諷笑意，並未去拿。

定國公府真是有錢，用如此名貴的花簾紙抄書，甚至還熏香，其用意一看便知。

「去告訴她，抄在什麼紙上不重要，重要的是用心，明白自己究竟錯在哪裡。」
「是。」王管事領命出去了。
此刻，祁雲昕正坐在花廳裡，打量四周的擺設，瞧見清一色的紫檀木，目光又熱了幾分。睿王府果然低調又華貴，唯有這樣的地方，才配得上她。
就在這時，王管事來傳話了。
聽到衛岑瀾的交代，祁雲昕臉上的笑容頓時不見，周圍的侍女和侍衛似乎都在看她笑話，如同被人打了一巴掌般，臉上泛起層層紅暈，再厚的脂粉也遮不住。
不久後，祁雲昕灰頭土臉地出了花廳。
她一上車，就氣得咬牙切齒，暗暗發誓，等她嫁過來後，定要換了這管事，也要把今日看她笑話的人全趕出去！
轉眼間，新的一年過去了。
與嫡支的熱鬧不同，三房冷冷清清，因祁三爺被定國公打了，上門拜年的人少許多。而祁三爺也一改往日的作風，不再出門。
柔姨娘跟祁雲菲嘀咕，說祁三爺轉了性子，還勸她，祁三爺變好了，不會再賣她。

祁雲菲聽後，抿了抿嘴，沒出聲。有前世的記憶，她自是知道祁三爺為何不出去，因為他還不了錢，又沒幫承恩侯世子做事，怕遇見了被逼著還債。

她把這道理說給柔姨娘聽，柔姨娘依舊不相信她。

在柔姨娘心中，女兒是頂頂重要的，她可以為女兒做任何事情。但她知道，祁雲菲的性子隨了她，柔柔弱弱，沒什麼主見，所以更相信掌管她生死的祁三爺和李氏，也不願相信祁雲菲。

祁雲菲知道，現在很難扭轉柔姨娘的想法，或許等到祁三爺和李氏決定要賣掉柔姨娘時，才能醒悟吧。即便醒悟不了也沒關係，至少柔姨娘可以平平安安、光明正大地離開定國公府。只要能保全柔姨娘的性命，這一切就值了。

唯一發愁的是，她該如何再賺些銀子。鋪子裡的皮子已經賣得差不多，可她手中只有五千多兩，光還祁三爺的債就不夠，而且還不知道李氏想開多少價賣掉柔姨娘。

不管怎麼說，她得多賺一些才是，過幾日再上街轉轉，找尋商機。

外院裡，定國公想到最近聽說的事情，眉頭微微蹙了起來。

他真沒想到，靜王竟會如此不安分。

之前流雲國二皇子出使大齊，他就聽說靜王常常去二皇子下榻的別院，兩人來往甚密。沒想到，過年時，靜王居然又跟各地來的藩王以及上京述職的大臣們結交。

這個「結交」，自然不是普通的，也不是明面上的結交。靜王私下去見藩王和大臣，還以靜王妃的名義悄悄送禮。

可皇位將來定是衛岑瀾的，不知衛岑瀾曉不曉得靜王做了這些事。

平德帝的意思很明顯，不然不會給衛岑瀾如此大的權力，既讓他管著兵部，手握兵權，又讓他管著吏部和戶部。相較之下，靜王和青王似乎不被看重，不入六部，身上只有閒職。

兩位皇子雖不如衛岑瀾，但心智健全，好好教導，未必擔不了大任，但平德帝就是不願重用自己的兒子。

世人皆說，平德帝不僅把自己的弟弟當兒子養，也當下一任皇帝來栽培了。

想到這些，定國公讓小廝研墨，隨後提筆寫信，派人送去睿王府給衛岑瀾。

一個時辰後，衛岑瀾收到了信，看完之後，臉上沒有任何表情，把信件扔給侍衛，讓他們處理掉。

定國公等了兩天，沒等到衛岑瀾的回信，而靜王依舊私下跟藩王往來。

定國公眉頭蹙得更緊了，心裡著實不解，即便之前不知道，在他提醒之後，衛岑瀾也應該知道了，為何沒反應，這可真是讓人著急。

靜王的確不如衛岑瀾，但他畢竟是平德帝的兒子。大齊自開國以來，歷任皇帝都是把皇位傳給兒子。青王玩心過重，心思單純，確實不適合為帝，可靜王心機深沈，又有野心，若出面籠絡朝臣，說不定有些人會被他籠絡過去，這該如何是好？

女兒馬上就要嫁給衛岑瀾了，他們自然站在衛岑瀾這邊，也期待他登基。如果衛岑瀾不登基，青王上位也罷了，萬一是靜王，以靜王的性子，勢必會清算衛岑瀾。

思來想去，定國公覺得自己不能不作為，畢竟皇帝的岳父，和被皇帝忌憚的王爺的岳父，之間相差十萬八千里，便命人把府中幕僚請過來。

一番商議之後，眾人都覺得不能如此放任靜王，得緊緊盯著，弄清楚他的一舉一動才好。

至於該用什麼樣的法子，一時間沒個定論。

好在如今只是有些苗頭，靜王勢力尚弱，還可以慢慢想。

過了幾日，到了正月十五。

這日中午，定國公府的人難得聚在一起，不僅三個房的人全到了，連柔姨娘也有機會來正院。

柔姨娘非常激動。祁老夫人不喜歡三房，她身分又低，一年到頭也見不到祁老夫人幾面。

對於這個輩分最高、曾經是定國公夫人的祁老夫人，柔姨娘很是懼怕和仰慕，為此，提前兩天就開始準備十五那日的穿戴。

見祁雲菲不關心這些，柔姨娘又是一番說道，但不管她怎麼勸，祁雲菲都沒有改變主意。

最後，柔姨娘換上一身桃粉色新衣，祁雲菲則是穿了件藕色襖子，默默跟在李氏身後，去了正院。

新年還沒過去，眾人皆打扮得喜氣，唯有祁雲菲穿著不知從哪裡找出來的舊衣，還是淺色的，坐在下面，根本不會被注意到。

對相貌非常自負的祁雲昕卻瞧見了，頓時嘴角上揚，看向祁雲菲的眼神多了幾分滿意。不錯，這丫頭識相，否則定要好好羞辱她一番。

祁雲嫣看著被眾星拱月的祁雲昕，心情自是不好。原本祁雲昕就比她好看，身分也比她高些，在府裡更受歡迎。如今祁雲昕要嫁給衛岑瀾，大半的人都在巴結她，連他們院中的下人也去討好，著實令人不爽。

想到祁雲菲今日也會來，祁雲嫣打起精神，卻見祁雲菲穿得樸素至極，根本不能跟身著大紅衣裳的祁雲昕相提並論，甚至還不如祁雲昕的丫鬟穿得周正，頓時失望不已。真是個沒用的東西，白費了那副好相貌。若這相貌是她的，睿王妃的位置就不一定是祁雲昕的了。

祁雲菲一直垂著頭坐在角落裡，儘量讓眾人忽略她，自是不知自己又被人打量了。

許久過後，定國公來了，屋內所有人站起來向他行禮。

一番見禮後，到了用膳的時辰，定國公府的花廳不小，眾人便沒按男女分開坐，而是一房一房坐著，中間空出來，讓人表演歌舞。

聽著眾人的恭維聲，看著面前的表演，定國公心情甚好，端起酒杯，抿了一口。

突然間，他看到一張漂亮的臉蛋，瞬間愣住。這是誰家的姑娘？居然如此好看。

祁雲菲見面前的舞姬跳得好，便抬頭多看了幾眼，卻感覺有道炙熱目光落到她身上，回頭一看，見是定國公，心頭一跳，連忙垂下頭。

前世正是因為大伯誆騙父親，父親才把她送入靜王府。面對能決定她生死的人，祁雲菲不由感到一絲害怕。

雖然祁雲菲低下頭，但定國公已經看清楚她的相貌。見祁雲菲坐在祁三爺身後，便知道了她的身分，只是仍有一絲不確定，便去問羅氏。

羅氏聞言，看向三房，問道：「您是問穿藕色衣裳的那個？」

定國公點頭。

羅氏撇嘴。「不就是老三家的小女兒。」

「當真是老三家的？沒想到已經出落成這般模樣了。」定國公感慨。他不喜歡祁三爺，很少見他，三房的人，他見得更少，只記得祁三爺有兩個女兒，卻不記得長相。

羅氏輕笑一聲。「長得再好看有什麼用？您忘了，三姑娘不就被老三用一萬兩銀子賣給富商了。」

定國公聽了，瞥向正大口喝酒的祁三爺，突然閃現一個念頭……

過了正月十五，祁雲菲再次上街尋找財路，但出去幾趟都沒找到，眼見已經出了正月，心裡有些著急。

而經過半個多月的觀察，定國公跟幕僚終於商議出一個絕佳的好辦法。

這日，定國公把一直在家躲債的祁三爺叫過去。

見到祁三爺後，定國公沒說廢話，直接開口。「菲兒不小了，也到了出嫁的年紀。」

祁三爺不知定國公葫蘆裡買什麼藥，含糊地說：「嗯，正尋著人家呢。」

「我這裡倒是有一門好親事，不知三弟意下如何？」

祁三爺不相信定國公會為他著想，但著實好奇所謂的好親事，便問：「哪家哪戶？」

「靜王府。」

祁三爺一聽，想也不想，立刻拒絕。「她不過是個庶女，高攀不了王府。多謝大哥好意，小弟打算給她找個家世普通一些的。」

祁三爺和承恩侯世子一起為青王做事，青王看不慣靜王，他哪裡敢把女兒送入靜王府。

「如果你答應，六千兩銀子，我替你還。屆時，你也不必日日在府中躲債了。」

聽到這個誘人條件，祁三爺眼睛一亮，不過隨即又暗下去，看向定國公的眼神不怎麼高興。他那長相一般的長女都能賣給富商換一萬兩銀子，這長得跟天仙似的庶女才換六千兩？呸，賠本的買賣，他才不做，換二萬兩還差不多。

「多謝大哥為小弟操心，要是您真的關心小弟，年前就不該拒絕小弟的請求。小弟之所以日日躲在府中，正是因為您不幫忙啊。」祁三爺不要臉地說道。

但祁三爺哪裡是定國公的對手，定國公早已把他摸得透透的，他現在的反應，也在意料之中。

「我知你的難處。昕兒不日便會嫁入睿王府，從此，咱們定國公府可就跟睿王綁在一起了。你是未來睿王妃的親三叔，也就是睿王的長輩，有他一句話，青王還敢說什麼不成？」

聽到這番話，祁三爺眼睛又發亮了，深覺定國公說得非常有理。祁雲昕嫁給睿王，從此他們就是睿王的人，他哪裡還需要怕青王跟承恩侯世子？

定國公見狀，又說了幾句好聽話，祁三爺便被他唬住，興高采烈地離開了。

等祁三爺走後，兩位幕僚從後面出來。

定國公看著他們，笑著說：「讓兩位先生見笑了，三弟愚蠢不堪。」

兩位幕僚對視一眼，也笑著回答。「這是國公爺的福氣。」

# 第十二章

三日後，祁雲菲再次失落地從外面回來，讓香竹把祁思恪要的果子交給他，準備回自己的屋子。

這時，柔姨娘突然來了，有些失態地拉祁雲菲進去，一臉興奮地說：「四姑娘，好消息，天大的好消息！」

祁雲菲蹙眉，著實想不出定國公府裡能有什麼值得她高興的事。「什麼好消息？」

柔姨娘扯著祁雲菲的衣袖，激動地說：「妳父親要把妳送進靜王府，妳終於不用跟妳三姊姊一樣，嫁給商賈了！」

看著柔姨娘開心的模樣，祁雲菲想附和她幾句，然而這消息著實讓她笑不出來。

她記得，前世約莫也是出了正月之後，便有傳言，不過中間還有些變故，月底才會真正定下來。

接下來，想必三房沒什麼安靜日子了。

「姨娘，這幾天您待在房裡繡花，別輕易出來。」

「妳這是何意？」柔姨娘不解地問。

祁雲菲想了想，低聲道：「姨娘，父親跟承恩侯世子交好，而承恩侯世子是青王的人。聽說青王與靜王不和，承恩侯世子又是父親的債主，您想，他會怎麼做？」

柔姨娘震驚地瞪大眼睛，卻說出讓祁雲菲意外的話。「妳如何得知這些事的？」

祁雲菲道：「最近女兒常出門，才知曉此事。」

柔姨娘似信非信。「可是，如果妳父親為青王做事，應該把妳送到青王府，怎麼會是靜王府？」

祁雲菲耐著性子解釋。「靜王比青王更厲害一些。」

「哦，這樣啊。」

兩個人又說了一會兒話，柔姨娘便出去了。

不過，柔姨娘沒聽祁雲菲的話，時不時往李氏身邊湊。她覺得女兒的終身大事比較重要，得好好打聽清楚。

但祁雲菲也管不了了，她得去跟周掌櫃商量把柔姨娘買走的事。早在年前，她就吩咐過周掌櫃，現在該商量細節了。

沒過兩日，祁雲菲正在屋裡繡花，外面傳來爭吵聲，隱約聽見「青王」、「靜王」、「還錢」等字眼，接著是噼哩啪啦打架、摔東西的聲音。

祁雲菲沒出房間，也沒讓香竹去瞧瞧。

約莫鬧了兩刻鐘左右，外面終於恢復平靜。

見外男走了，香竹才悄悄出去打探消息，很快便一臉緊張地回來。

「姑娘，您可知今日來鬧事的是何人？」

「是誰？」祁雲菲明知故問。

「竟然是承恩侯世子。」

「哦，這樣啊。」祁雲菲淡淡地應了一聲。

香竹神色有些遲疑，見祁雲菲看她，才說出口。「姑娘，奴婢聽說咱們家老爺欠了承恩侯世子銀子，世子來要錢了。您覺得這事可是真的？」

祁雲菲把線剪斷，看了看手中的寶藍色荷包，平靜地說：「是真的。」

「啊？這可如何是好？」香竹緊張起來。「世子不會日日來鬧吧？」

「不會。」祁雲菲肯定地道。

前世，承恩侯世子一共來鬧了兩次，一次是現在，再一次是她出嫁之後，因為父親沒有按照承諾還錢。

這一次是警告，父親妥協，答應不把她送入靜王府。下一次卻是來真的，把三房的院子砸個稀爛。

香竹頓時鬆了口氣。「那就好。」

她說完，見祁雲菲鎮定的模樣，有些佩服。他們家姑娘似乎跟從前不太一樣，雖然也不愛講話，卻有一種讓人信服的感覺，顯得頗為穩重了。

相較於這邊的平靜，三房的正房可是鬧騰得很。

李氏一直在哭，哭自己嫁給祁三爺這種人，哭自己命苦，哭著哭著，祁三爺終於從外面回來了。

「行了，別哭了！」

「老爺，您可是欠世子六千兩銀子，如今咱們只還了一千多兩，剩下的該怎麼辦啊？如果世子日日來鬧，咱們這日子還要不要過了！」

祁三爺重重嘆了一口氣。

李氏抹抹臉上的眼淚。「老爺，咱們沒錢，可大伯有錢啊，聽說光是大姑娘的嫁妝，就備了幾萬兩。大伯不是說要幫您還嗎，為什麼還沒給錢，莫不是糊弄我們吧？」

祁三爺臉上也露出怒氣。「可不是嗎，我這就問問大哥去！」

剛剛李氏哭時，已經想了許久，此刻見祁三爺突然站起來，連忙道：「老爺，您不覺得此事有些怪嗎？府裡的人明明知道您欠了承恩侯世子銀子，正在躲他，為何還把他放進來？放進來不說，承恩侯世子在鬧時，居然沒有一個人幫忙。」

祁三爺聞言，停住腳步，看向李氏。

李氏說出自己的想法。「老爺，要不，您別把四姑娘送進靜王府了。您是青王的人，如今聽了大伯的話，想把四姑娘送過去，才惹惱青王和承恩侯世子。

「前幾日您挨打，大房竟然不幫您，且大伯想讓四姑娘進靜王府，本就讓人覺得奇怪，莫不是又想利用咱們三房吧？」

李氏這番話跟祁三爺心中所想不謀而合，那天他真被定國公誘惑了，才做出如此不理智的事，這幾日正不安著，畢竟青王算是他的舊主，他卻想悶不吭聲將女兒送給舊主的敵人。

祁三爺凝神想了許久，站起身來，朝外面走去。

不幫他是吧？他就不把女兒送出去。才給六千兩銀子，簡直虧大了！

此刻，正院也在議論三房的事，不過氛圍輕鬆多了，一個個笑得開心，還有丫鬟、小廝繪聲繪色地描述剛剛的經過。

祁雲昕聽後，覺得頗為好笑。看吧，祁雲菲比她長得好又怎樣？有這樣一個爹，注定只能嫁給靜王這種蠢貨，替她和衛岑瀾當墊腳石。

笑過一場之後，眾人便沒再提這事，畢竟三房在他們眼中只是個笑話罷了。

離出嫁不到一個月，祁雲昕心情非常好，晚上沐浴完，便上床歇息。

然而，她卻作了一個長長的夢。

不，確切地說，她從前世的噩夢中驚醒過來。

看著眼前熟悉的一切，祁雲昕放聲大笑。真好，她還沒嫁入睿王府，事情還有轉圜的餘地。

前世，到了極南荒涼之地，祁雲昕日日罵罵咧咧。從前她非常尊敬衛岑瀾，但衛岑瀾沒有登基稱帝，這種敬意便淡了許多。

不過，在她說了幾句不恭敬的話之後，衛岑瀾看她的眼神，讓她不敢再當著他的面亂說話，但私底下卻道了不少。

兩個月後，祁雲昕決定，她一定要回京城，她不想一輩子跟衛岑瀾蹉跎在這種荒僻之地。

然而，出於對衛岑瀾的懼怕，她不敢向衛岑瀾開口。思來想去，把主意打到被承新帝寵上天的堂妹祁雲菲身上。

出嫁前，這個庶妹絲毫不起眼，沒想到出嫁後，她跟的男人居然登基，她還成了備受寵愛的皇貴妃，讓向來高高在上的祁雲昕無法接受。

不過，既然祁雲菲受寵，肯定能幫她這個忙吧？柔姨娘還在定國公府，料想看重生母、性子又軟弱的祁雲菲不敢不答應。等事情成了，讓衛岑瀾去討厭祁雲菲吧，可別怪罪到她頭上。

然而，信寄出去後，過了一個月都沒收到回應。不僅如此，祁雲昕還聽說，祁雲菲得病死了。

祁雲昕簡直恨死這個不中用的庶妹，吃飯時罵了幾句，還說她幾句壞話，卻沒注意到衛岑瀾難看的臉色。

隔日，她就被衛岑瀾禁了足……

祁雲昕從思緒中回神，看著眼前熟悉的一切，心裡感慨，定是老天垂憐，才讓被禁足的她回到幾年前，真是太好了。

這輩子，她絕對不會再嫁給衛岑瀾。

衛岑瀾面冷心也冷，明明可以輕易到手的皇位，卻被親姪子搶去，真是個不中用的窩囊廢！

想到衛岑瀾的結局，想到極南之地的荒涼，祁雲昕就覺得渾身不自在。

聽到屋裡的動靜，抱琴進來，笑著道：「今日姑娘起得早了些，要不要再睡一會兒？」

看著抱琴，祁雲昕臉上的笑意淡了幾分。這個丫頭，前世竟然趁著她出門時，勾引衛岑瀾。好在衛岑瀾並沒有看上她，沒被她得逞。

衛岑瀾冷心冷面，連她這種國公府出身、京城第一美女都看不上，還能瞧上這個出身卑賤的丫頭？

不過，雖然心中這麼想，祁雲昕卻沒說出來。不過是個賤婢罷了，隨便找個藉口便能收拾掉。

祁雲昕不動聲色地問：「今日是初幾？」

抱琴笑著回答。「姑娘許是睡迷糊了，今日是二月初九，離您出嫁不到一個月。」

一聽這話，祁雲昕臉上的笑容消失殆盡，她怎麼回到這個時候了，為什麼不能早一點？隨即又鬆了口氣，她應該慶幸，此刻還沒有嫁給衛岑瀾。

這親事，還有機會退。

既然老天讓她重生，定是覺得她前世過得悽苦，要彌補她，得好好把握機會。

祁雲昕打起精神，道：「快點伺候我梳洗，我要去見父親。」

抱琴微微一怔。

見抱琴遲疑，祁雲昕不悅地說：「快點，磨蹭什麼？」

抱琴回神，急忙應了。

今天，定國公休沐在家。

因為祁雲昕要嫁給衛岑瀾，在定國公心中的分量不淺，所以在書房見了她。然而聽著她說出來的話，臉上的笑容一點一點消失殆盡。

「妳說什麼？」定國公冷聲問道：「妳要退婚？」

祁雲昕點頭。「是，女兒不想嫁給睿王了。」

定國公大怒，氣得一把抓起桌上的硯臺，瞪著祁雲昕那張臉，就要砸過去。然而只能想想罷了，砸傷了她，下個月如何成婚？只能對她大吼。

「妳當衛岑瀾是什麼人，這婚事是想退就能退的嗎？」

祁雲昕鎮定地說：「為何不能退？這親事本就是皇后跟您們的主意，睿王答應得很勉強，現在退了，說不定他會非常高興。」

前世，她嫁給衛岑瀾之後，衛岑瀾待她極為冷淡，她總覺得他心裡有人，並不喜歡她。可是，若心裡有人，以他當初的權勢，完全可以奪來，所以只是猜想罷了。

定國公被祁雲昕氣得不輕，重重喘息了幾下。「妳說的是什麼話？這門親事是皇上賜婚，退婚就是違背聖旨，妳不想活了是吧？妳不想活，定國公府還不能倒！」

祁雲昕豈會不了解定國公的心思，也知他憤怒的原因。他哪裡是怕違背聖旨，分明是捨不得睿王妃這個位置。

想到這裡，祁雲昕索性直白說出來。「父親不就是想讓府裡出個皇后嗎，皇后娘娘則是想保住手中的權力。可是您想過沒有，睿王未必能當上皇帝，說不定最終是靜王登基。如果睿王當不了皇帝，女兒豈不是白白嫁過去了？您還是再多考慮考慮吧。」

回想之前一臉興奮、想要嫁給衛岑瀾的祁雲昕，再看此刻對衛岑瀾不屑一顧的她，定國公覺得女兒像是換了個人似的，莫不是聽人說了什麼，抑或中邪了？

靜王？那算個什麼東西，連衛岑瀾的百分之一都不如，興許是女兒得知靜王最近有些動作，便誤以為靜王比衛岑瀾厲害？

想到這裡，定國公道：「妳不過是個後宅姑娘罷了，懂什麼？離成親不到一個月，就不要出門了，好好在家繡花備嫁！」

祁雲昕見定國公如此愚鈍，有些著急地說：「父親，您不能這樣啊，女兒真的不能嫁給睿王。您錯了，睿王當不了皇帝的。」

聽祁雲昕越說越不像話，定國公冷冷斥責。「混帳東西！睿王是什麼身分，兵部、吏部、戶部盡由他掌控，皇位早已在他手中。妳日日在後宅，如何知道外面的事情，不要聽風就是雨，仔細被人糊弄了。」

祁雲昕知曉未來之事，所以覺得定國公愚鈍；定國公知曉朝堂局勢，也覺得祁雲昕愚蠢至極。

祁雲昕急得不得了，說道：「女兒沒被人糊弄，睿王真的當不上皇帝，他沒那個本事。您睜開眼睛看看吧，靜王才是最有能力的。」

祁雲昕真要被氣哭了，她父親不是國公爺嗎，定國公府不是勢力極大嗎，怎麼會看不出來呢。

定國公伸手指著女兒，冷冷地說：「我告訴妳，這門親事，妳嫁也得嫁，不嫁也得嫁！妳敢悔婚，等於得罪睿王，得罪皇上，咱們國公府承受不起！」

祁雲昕還想再爭辯，但看著定國公難看的臉色，繼而道：「既如此，您讓府裡別的姑娘嫁吧。二妹妹也是國公府的姑娘，把她嫁過去，咱們就不算違背聖旨，也不會得罪睿王了。」反正衛岑瀾不喜歡她，王妃換成祁雲嫣，想必他也不會生氣。

「妳……」定國公瞪著看起來機靈，卻愚蠢至極的女兒，氣得不知道說什麼好了，聖旨上明明白白寫著，衛岑瀾要娶的是定國公府大姑娘，且能跟衛岑瀾結親，是京城，甚至是整個大齊的官宦之家都羨慕不已的事，她居然還敢嫌棄？不是他看低自己的女兒，無論長相還是品行，她都不配，哪來的臉說這些話？

而且，讓二房的姑娘嫁？以母親對二弟的寵愛，將來定國公府是他的，還是二弟的，可不好說。

「爹，您好好想想，再查查吧。睿王真的不行。」

定國公覺得，像祁雲昕這種愚昧的人已經說不通了，不必再浪費口舌。不到一個月就要成親，只要關住她，應該不會鬧出大事。

「來人，把大姑娘帶回去。出嫁之前，不許大姑娘踏出房門半步！」

「爹，您睜開眼睛看看，睿王不……」

「堵上她的嘴！」定國公脹紅著臉吩咐，命人拖她出去。

真是個愚蠢又混帳的東西，想害了整個定國公府不成？

# 第十三章

大房發生的動靜，祁雲菲毫不知情。她半個月才去請安一次，不知祁雲昕鬧出這麼大的事，也不知她被禁足了。

去請安時，因祁三爺拒絕把她送入靜王府，惹怒祁老夫人，祁老夫人並未見她們。

祁雲昕鬧的事關係重大，要是傳進宮裡，定國公府定會被扣上抗旨罪名，與衛岑瀾結親的事就黃了，所以只有定國公和羅氏曉得。

這天，祁雲菲終於想到一個賺錢辦法，是前幾日走在大街上，看著湧入京城的年輕書生想到的。

她記得，前世春闈放榜後，狀元郎用過的東西全變成搶手貨，連之前沒什麼人用的紙，也成了「狀元紙」。

可惜，她只記得是哪種紙，卻不記得狀元郎用過的筆、墨、硯臺是何處產的。不過，知道這些，也足夠了。

眼見春闈馬上就要放榜，祁雲菲趕緊讓周掌櫃去批貨。

沒過幾日，平德帝欽點了狀元郎，一時之間，狀元郎的身世被眾人扒了個底朝天，而他在客棧裡用過的東西，也被人高價買回去。筆墨紙硯那些，也漸漸賣光。

因為早早進了大批的狀元紙，祁雲菲小賺了一筆。

看著手中的六千多兩銀票，祁雲菲鬆了口氣。她終於攢夠銀子，不用擔心父親再把她賣給靜王。

接下來，她等著李氏把柔姨娘賣了，再把人買回來。

這幾日，她已經打聽到一些消息，李氏似乎勸過祁三爺，想把柔姨娘賣掉，不過祁三爺沒答應。

想到前世的事，祁雲菲知道，祁三爺最終會答應的，之所以沒在她成親前賣出去，是因為對方嫌李氏要價太高，雙方沒談攏。

她不記得李氏要價多少，但似乎不太高，只有幾百兩銀子，如今她手中有六千多兩，盡夠了。等買下柔姨娘之後，她再想想法子把自己賣出去，一切便圓滿了。

另一邊，雖然祁雲菲不曉得祁雲昕被禁足的事，可祁雲嫣知道呀，打聽幾日，終於得到一絲消息，原來祁雲昕竟然不想嫁給衛岑瀾！

祁雲嫣興奮極了，如果祁雲昕不想嫁，她是不是就可以嫁過去？

她把這件事情告訴父母，祁二爺和張氏便去跟祁老夫人說。

出於對小兒子的疼愛，祁老夫人把定國公叫過來商議。

可惜，定國公沒答應，而祁老夫人為了府裡的安危，也被定國公說服，覺得此舉不妥，一個不小心，就會被平德帝和衛岑瀾厭棄。

定國公暗暗惱怒，回去之後，盤算起來。

府中一共就三個兄弟，他為長，統管定國公府。然而，嫡親弟弟一直對他不滿，想要從他手中討要更多利益。庶出弟弟也對他不恭敬，前幾日竟然駁回他的提議，不把祁雲菲送進靜王府。

定國公冷哼一聲，心想這些人怕是忘了誰才是定國公府的主子，也忘了自己住在什麼地方。要不是他憐憫兩個弟弟，早把他們趕出去。

既然一個個都不識相，就別怪他不客氣了！

想到這裡，定國公把心腹叫過來。

「去查查二老爺和三老爺最近在做什麼事情。」

「是。」

第二日，定國公便知道了兩個弟弟最近的行蹤。

聽著心腹的回報，定國公的臉色越發難看，祁二爺竟然背著他，偷偷去討好衛岑瀾，祁三爺則打算賣了柔姨娘。

祁二爺的事暫時不急，只要祁雲昕嫁過去，衛岑瀾終究還是跟大房親近。

但祁三爺這件事就很急了。

「去把老三叫過來！」

他可真是個蠢貨，柔姨娘是祁雲菲的親娘，想讓祁雲菲聽話、為他們做事，怎麼能把柔姨娘賣掉！況且才賣二百五十兩銀子，當真愚蠢至極！

今晚，祁雲菲非常開心。

因為，李氏終於要出手賣柔姨娘了，而且只賣二百五十兩。

前一個富商覺得二百二十兩太貴，想出二百兩，李氏沒答應，周掌櫃便以二百五十兩買下了柔姨娘。

明日，周掌櫃跟李氏一手交錢、一手交人，屆時柔姨娘就自由了，也不會再有性命之憂。

此刻，祁三爺正在定國公的書房中。

聽到定國公的質問，祁三爺吊兒郎當地說：「大哥，您未免管太多了吧？柔姨娘是我的女人，菲兒是我的女兒，我想怎麼處置就怎麼處置，想賣給誰就賣給誰。即便您是我親哥哥，是國公爺，又能奈我何？」

定國公鐵青著臉，冷哼一聲。「是嗎？你真覺得我管不了你了？」

不光定國公氣，祁三爺也很氣啊，說話開始陰陽怪氣。

「大哥是國公，您想管自然能管。不過，您也別太不厚道，欺人太甚。說好我把菲兒送進靜王府，您便替我還銀子，您還了嗎？不僅沒還，還把承恩侯世子放進來，任由他闖進三房，砸了我們的院子。

「我本就不想把菲兒嫁給靜王，既然您不想替我還錢，休要再管我如何處置她們。」

看著得意的祁三爺，定國公冷哼一聲。幫祁三爺還錢？這絕對不可能，如今祁三爺吃喝都是花公中的錢，居然還有臉要求他幫忙還債，看來，是他把他的心養大了。

定國公瞇了瞇眼，說出異常絕情的話。「如果你敢不經過我的允許，把菲兒和柔姨娘賣了，就給我滾出定國公府！」

這幾句話，讓祁三爺立時如墜深淵，臉上的笑容漸漸沒了，瞪大眼睛看向定國公，滿臉的不可置信。

一會兒後，察覺定國公是認真的，祁三爺有些害怕地說：「大哥，您不能這樣做。」

定國公見狀，表情反倒變得輕鬆。「為何不可？父親已經死了，你姨娘也去世，咱們早該分家了。」

祁三爺氣勢更弱了。「不行，母親還在，我不能走，我得盡孝。況且，若是別人知道了，定會非議您。」

定國公道：「有何可非議的？京城哪個公侯之家不是如此？像我這般養著兄弟的人，著實不多。」

「是啊，所以外面的人都在說您的好話呢，也對咱們國公府的名聲好。要是您把我攆出去，好名聲不就沒了嗎？」

「那至少不會有壞名聲，一切合情合理。」

祁三爺見定國公來真的，立時慌了，開始絞盡腦汁想辦法，想著想著，說道：「過幾天，大姪女要嫁給睿王，您不能在這個節骨眼把我趕出去。要是睿王知道了，定會對您有微辭。」

「哦，是嗎？我怎麼覺得睿王知曉你做過的事情，不僅不會阻止，還會幫著我分家。畢竟，他也不想有個嗜賭如命的妻族親戚。」

看著定國公臉上的表情，祁三爺的心拔涼拔涼的。

如今他在戶部的小差事，還是靠著定國公府才得來的。而他在外面被人捧著，也是因為定國公府這棵大樹。至於青王那邊，他非常清楚，青王和承恩侯世子之所以看得上他，亦是因為他背後的定國公府。

若是離開定國公府，他便什麼都沒有了。

定國公非常滿意祁三爺此刻的表現，端起桌上的茶水，淡淡道：「你回去好好想想該怎麼做。如果菲兒和柔姨娘被賣掉，你也不用留下了。三日後，收拾好東西滾蛋。」

話音剛落，就聽祁三爺笑著說道：「大哥說的是什麼話，菲兒是要送入靜王府的，我也沒打算賣柔姨娘，她跟了我好多年，我捨不得。」

定國公笑了。「那還錢的事？」

「錢是弟弟欠的，自然弟弟還，哪有哥哥替我還的道理。」祁三爺說道。相較於被趕出定國公府而言，還錢反倒是小事了。

定國公笑容加深。

祁三爺得寸進尺。「不過，小弟我手頭著實緊，大哥能不能接濟我一些？」

定國公對祁三爺的表現很滿意，讓管事拿了一百兩銀子給他。

祁三爺走後，定國公對心腹道：「找人把二弟吃酒誤事的消息告訴兵部尚書。」

「是。」

安排好這些事，定國公又忍不住笑了起來。

第二日，祁雲菲收到周管事的信，說李氏不打算賣柔姨娘了。

祁雲菲讓香竹去打聽，原來祁三爺昨晚去了定國公的書房後，不僅不賣柔姨娘，還改變主意，打算把她送入靜王府。

祁雲菲不知其中出了什麼岔子，心裡一片冰涼。依據前世的記憶，這次，可是來真的了。

這件事很快就在府中傳開，祁雲昕聽說後，一個念頭爬上了她的心頭。

是夜，祁雲菲苦思許久，半夢半醒，睡得迷迷糊糊。次日起來，眼下一片青黑。

不過，雖然一夜沒睡好，精神卻極佳，因為她終於下定決心了。

她不要入靜王府，她要帶著柔姨娘逃跑！

若她沒猜錯，父親定是被大伯威脅了。

聯想前世後來發生的事，不難猜出，大伯定是想把父親趕出去，並以此威脅，父親和嫡母肯定不會再賣柔姨娘。

賣不掉柔姨娘，她也跑不了。大伯不讓父親賣人，就是為了留著柔姨娘威脅她。

如此說來，即便她為父親還了六千兩銀子，也解決不了問題。要是這輩子的命運依舊跟前世一樣，她跟柔姨娘還是會死。

那麼，剩下的只有一條路了——逃跑！

反正她手裡有六千多兩銀子，錢多，能做的事情也多。她出門許多次，對京城的地形還算熟悉，未必躲不開搜查，然後帶著柔姨娘往江舟國逃，去找小舅舅。

想到這裡，祁雲菲起床，到祁思恪面前晃一下，得到買東西的藉口，趕緊帶著香竹出門了。

這一次，祁雲菲沒上韓家鋪子，而是在城裡四處轉轉，去城門口看看守衛人數跟如何排查，問問城門關閉和開啟的時辰。

打聽清楚之後，祁雲菲去幫祁思恪買東西，便回了府。

第二日，祁雲菲又出門了，亦是到處轉轉。

香竹見狀，以為自家姑娘是因為親事而煩躁，沒有多問。

第三日，祁雲菲逛完京城之後，去了東升客棧。

出了客棧，祁雲菲徹底放鬆下來，上韓家鋪子，正欲拿些狀元紙離開，卻看到一個熟悉的身影。

祁雲菲心頭的鬱氣頓時消散了，露出笑容。

「岑大人，您來了。」

今日衛岑瀾得知，小姑娘要去給自己姪兒做妾了，想過來碰碰運氣，沒想到真的見著她。

「嗯，閒來無事，過來看看。」

「您先坐，我去幫您倒杯茶。」祁雲菲笑著說道。這可真是瞌睡遇到了枕頭，她正琢磨著該如何找他，就遇著了。

「嗯。」衛岑瀾淡淡應了聲。

很快地，祁雲菲端著茶過來，等衛岑瀾喝下一口之後，便問：「大人，您可知我舅舅在江舟國的哪裡？」

衛岑瀾沒想到祁雲菲會這麼問，抬頭看她一眼。

看著這雙飽含探究的眼睛，祁雲菲感覺自己彷彿被對方看穿了一般，不由緊張起來，嚥了嚥口水，佯裝鎮定地說：「您別誤會，我沒跟任何人提過這事，只是有些好奇。」說完，摸了摸鼻子。

衛岑瀾收回目光。「在江舟國的都城。」

祁雲菲眼睛一亮，心裡更加輕鬆了，便沒再細問。她能感覺得出來，岑大人並不想跟她多提。總歸都城也不會太大，到時候去找便是，沒必要再麻煩別人。

衛岑瀾的確不太想說，因為韓大松的事算是機密，怕說多了，會替小姑娘招禍。

「對了，我聽說妳要入靜王府了？」

祁雲菲聽見這話，愣怔一下，臉上瞬間沒了笑容。

看著她的神色，衛岑瀾蹙眉，沈聲問：「怎麼，妳不想入靜王府？若是不願，我……」

沒等衛岑瀾說完，祁雲菲便恢復如常，笑著說：「想。」

後面的話，衛岑瀾沒再說下去，只認真打量她一眼。

祁雲菲補充了幾句。「靜王是王爺之尊，長相俊美，能入他的府，是我的榮幸。」

衛岑瀾審視她，見她不似作偽，遂抿了抿唇，點點頭。

「嗯，那便好。」

祁雲菲暗暗嘆氣。她不想麻煩任何人，也不想讓任何人知道她的計劃。無論定國公府還是靜王府，沒一個好惹的，岑大人不過是王府的侍衛罷了，若說出此事，難保不會害了他。

衛岑瀾得到想要的回答，坐了沒多久，便離開了。

一會兒後，祁雲菲也拿了一些「狀元紙」回去。

路上，祁雲菲還在想逃跑的事。

這幾日，她已經觀察過，也打聽了，京城守衛森嚴，出入需要各種路引。以她和柔姨娘的本事，離開京城容易，躲開定國公府的人卻不易。

所以，她得先在京城找地方住下，等定國公府和靜王府的人鬆懈下來，再找機會逃出去。

她知道，定國公府和靜王府的人都需要她這個棋子。

靜王需要跟定國公府扯上關係，定國公府又需要她去靜王府做眼線。祁雲嫣身分尊貴，絕不可能當棋子，只有她能去。

所以，就算她逃跑失敗被抓回來，定國公也不敢把她怎麼樣，定然還會把她送入靜王府，留下柔姨娘當人質。

這般一想，逃跑還是挺划算的。跑了，有改變命運的可能；被抓住，也不會有什麼損失，頂多維持現狀。

重活一世，她總要試一試。

# 第十四章

片刻後，祁雲菲回到定國公府，剛進三房院子，便發現有個人迎面走來。

見來人是祁雲昕，祁雲菲蹙了蹙眉。她記得，祁雲昕從沒來過三房，不知今日為何突然過來。

雖然心中這麼想，祁雲菲還是乖巧行禮。「見過大姊姊。」

「嗯。」祁雲昕淡淡應了聲，看著前世高高在上的皇貴妃彎腰向她行禮，有說不出來的解氣。祁雲菲這個出身卑賤的人，就得在她面前抬不起頭來才是，怎能爬到她的頭上去！

她不配！

至於她今日為何能出來，自然是因為她馬上就要嫁到睿王府，最近又表現得乖巧，守門的婆子見她不過是來三房，便放行了。

祁雲菲行完禮之後，見祁雲昕依舊站在面前，有些不解。

她正欲開口，卻聽祁雲昕如往常般，用略帶施捨的口吻道：「過來，我有事同妳說。」

「是，大姊姊。」

見祁雲菲乖乖聽話，祁雲昕更是得意，一起去了祁雲菲的房間。

一進去，祁雲昕便找地方坐下，吩咐抱琴和香竹。「都出去，我跟四姑娘有話要說。」

抱琴應聲，香竹則是看向祁雲菲，見她點頭，這才福身出去。

等香竹關上門，祁雲昕看著想坐在一旁的祁雲菲，微抬下巴，高傲地說：「倒茶！」

祁雲菲蹙眉，心中暗想，祁雲昕到底發了什麼瘋，怎麼突然來找她麻煩？沒幾日就要嫁給衛岑瀾了，不是應該在繡嫁妝嗎？

雖然心中這麼想，祁雲菲仍不敢說出來，想到自己馬上就要逃跑，為了不節外生枝，便拿起桌上的茶壺，幫祁雲昕倒了一杯茶。

祁雲昕見狀，連日來的憋屈終於在祁雲菲這裡散開了。皇貴妃又如何，還不是得聽她的話，還不是得給她端茶倒水。

祁雲昕盯著祁雲菲低眉斂目的模樣，露出滿意的笑容，端起茶杯，輕輕抿了一口。

「四妹妹，柔姨娘的日子不好過吧？」

祁雲菲不知祁雲昕葫蘆裡究竟賣的是什麼藥，聽到這話，心立刻提了起來。祁雲昕到底想幹什麼？前世似乎沒有發生這件事。

祁雲昕打量祁雲菲，笑著說：「四妹妹緊張什麼，我不過是跟妳說說話罷了。」見祁雲菲臉色依舊沒有好轉，祁雲昕道：「坐啊，站著做什麼。來，咱們姊妹倆好好說話。」

祁雲菲警惕地看祁雲昕一眼，坐到旁邊的椅子上。

「四妹妹，看到柔姨娘，想必妳就知道以後的日子有多難過。雖然靜王是王爺，可他早已有了王妃和兩位側妃，妳只能做妾。以四妹妹的容貌，當真是委屈了。」

祁雲菲聞言，更加疑惑了，眼神中有著濃濃的不解。

「四妹妹可想成為正室？」祁雲昕問道。

祁雲菲沒接話。

祁雲昕輕咳一聲，道：「不瞞妹妹說，我早就喜歡靜王了，從小就喜歡。」

祁雲昕喜歡靜王？什麼時候的事，她怎麼從來沒聽說過？前世，因為靜王跟睿王爭皇位，祁雲昕在她面前沒少罵靜王，還叫她監視他。

「我想嫁給靜王，可惜爹爹不願意，非要我嫁給睿王。」

祁雲菲又蹙眉。嫁給睿王，不正是祁雲昕求來的嗎？還有，祁雲昕為何跟她說這些有的沒的？

見祁雲菲跟個鋸嘴葫蘆似的悶不吭聲，祁雲昕沒了耐心，直接道：「所以，四妹妹，咱們兩個人換過來吧！」

祁雲菲震驚地看向祁雲昕，原來祁雲昕說了這麼多，打的竟然是這種主意。

祁雲昕瘋了嗎？衛岑瀾是什麼樣的人，她竟然敢如此對他！

雖說最後是靜王登基，可她卻從靜王口中得知，是衛岑瀾扶他上位，把動盪的朝堂穩定下來。

如果衛岑瀾知道她們幹了這種事，肯定不會輕易饒恕。

而且，雖然她沒見過衛岑瀾，卻曾聽靜王說，衛岑瀾心狠手辣。回想靜王的性子，要是衛岑瀾比他更狠，真不知有多殘忍。

不僅如此，祁雲昕的信上也說，衛岑瀾打罵她、虐待她。

衛岑瀾比靜王更可怕，她怎麼可能會嫁！

祁雲昕見祁雲菲震驚的模樣，笑著說：「四妹妹，妳這是歡喜得不知所措了嗎？」

祁雲昕覺得自己這個主意極好。她跟祁雲菲同日出閣，正好可以換一換，想必祁雲菲會非常歡喜，這樣的好親事，原本根本輪不到她。如今衛岑瀾可是位高權重，京城的貴女對他趨之若鶩，祁雲嫣那個死丫頭也很想嫁過去。

祁雲菲終於有了反應，卻是飛快搖頭。「大姊姊，我不敢。」

祁雲昕看著祁雲菲的模樣，嘴角勾起一絲笑，繼續誘惑她。「怕什麼？睿王可是皇上的親弟弟，是最有可能登上皇位的人，如果嫁給他，以後妳就成了皇后娘娘，多大的福分啊。」

祁雲菲抿了抿唇，衛岑瀾根本就沒登基，皇后也不是睿王妃，而是靜王妃。

「若真如此，應該是姊姊這種出身高貴的人嫁過去才是。」

祁雲昕微微一怔，隨即回神，道：「哎，是不是皇后，對我來說沒那麼重要。我喜歡靜王，即便他最後當不了皇帝，我也想嫁給他。妹妹，妳就成全我吧。再說了，難道妳不想成為正妃嗎？」

祁雲菲再次搖頭。「不，妹妹不敢。要是睿王知道了，肯定不會饒過我們。」

祁雲昕冷哼。依衛岑瀾的性子，壓根兒不會在意，否則她也不敢想出這樣的法子。

衛岑瀾看起來冷漠，卻是心軟之人。嫁給他那麼久，她從沒見過他打罵奴僕，反倒對犯錯之人寬容得很。

相較於衛岑瀾的不中用，靜王才是個狠角色，不然也無法登基。

「妹妹放心，睿王性情甚是溫和，即便知曉了，亦不會為難咱們。而且，妳是坐八抬大轎嫁給他的，肯定會留下妳，即便不能成為正妃，以妹妹的容貌，還有咱們定國公府的權勢，一個側妃之位總是跑不了的。」

祁雲菲依舊搖頭。

祁雲昕真會糊弄人，若不知前世的事情，她可能會相信。但前世祁雲昕說了不少衛岑瀾的壞話，說過衛岑瀾的狠，她可不敢做這樣的事情。

重活一世，她只想好好活著，不想惹禍上身。

祁雲昕見祁雲菲完全不為所動，蹙了蹙眉。「四妹妹，妳怎麼這麼蠢！嫁給睿王當正妃，將來成為皇后，不比成為靜王的妾室好多了嗎？妳腦子是不是壞掉了？這麼好的事情，還不趕緊答應！」

祁雲昕被祁雲菲氣得不輕，這可是天大的好事，祁雲菲只要照做就行了。不過，她心裡也清楚，祁雲菲代替她嫁到睿王府，依然不可能成為正妃。

雖然衛岑瀾心軟，卻不是傻，看到新娘換人，肯定會發脾氣。

不過，這些便跟她沒關係了，只要她入了靜王府，跟了靜王，生米煮成熟飯，把事情推到祁雲菲身上就是。

畢竟，嫡女跟庶女換親事，且是庶女嫁入高門，怎麼看都是庶女幹的好事。

可惜，她如意算盤打得好，祁雲菲卻不配合她。

「大姊姊，妳別為難我了，我不敢。」祁雲菲垂下頭。以她對祁雲昕的了解，祁雲昕只會利用她，根本不會替她著想。

前世沒發生這件事，她不知道祁雲昕有何盤算，亦不打算按祁雲昕說的去做。

如今，她只想逃跑，不想多跟祁雲昕牽扯。

祁雲昕見狀，微微瞇眼，出聲威脅祁雲菲。「四妹妹，妳別忘了，柔姨娘還在府裡，要是妳不乖乖聽話，我可不能保證柔姨娘的安全！」前世，定國公府正是利用柔姨娘來威脅祁雲菲的。

果然，她話落，剛剛還一副柔弱模樣的祁雲菲飛快抬頭，目光中含著一絲憤怒。

祁雲昕笑了，祁雲菲還是看重那個比她還不中用的柔姨娘。

「妳想讓柔姨娘活著，就乖乖聽我的話。只要妳跟我換，我便保證柔姨娘的安全。」

祁雲菲緊緊握住拳頭，滿臉憤怒。

「聽話，出嫁當天，咱們換過來。」祁雲昕說完，起身離開。

祁雲菲看著祁雲昕的背影，在祁雲昕將要出去之時，突然說了一句。「大姊姊，這件事，妳沒跟大伯和大伯母商議過吧？如果大伯和大伯母知道，妳說他們會怎麼做？」

祁雲昕定住腳步，猛然回頭，看向一臉無害的祁雲菲，美麗的臉變得有些猙獰，咬牙切齒道：「祁雲菲，妳敢?!」

祁雲菲神情平靜。「大姊姊，那妳就看我敢不敢。妳敢動姨娘一下，我立刻去向大伯母告狀。」

祁雲昕第一次發現，祁雲菲不像想像中那麼無害，想到她前世能從靜王府脫穎而出，成為僅次於皇后的皇貴妃，便覺得小看了她。

不過，再厲害又如何，還不是個短命鬼！那麼尊貴的身分，沒享受多久就死了。

祁雲昕是真怕祁雲菲去告狀，萬一此事被她父母知曉，她就沒有機會了。還有幾日便要出嫁，她不能把事情搞砸。

想到這裡，祁雲昕笑了，說：「四妹妹，姊姊也是為了妳好，想著妳在府中受委屈，想讓妳以後過得好一些，沒想到妹妹不領情。既如此，就算了，當姊姊沒說過這些話。妹妹好好休息吧。」

「大姊姊慢走。」

見祁雲昕走了，祁雲菲鬆一口氣，連忙去找柔姨娘了。

到了柔姨娘住的地方，看著臉上帶笑、正為她縫嫁妝的柔姨娘，祁雲菲眼眶一熱。柔姨娘是真心希望她嫁得好，覺得入靜王府是好事。而且，李氏要賣她的算計，她也不知道。

她希望，柔姨娘能永遠快樂下去。
祁雲菲沒去打擾柔姨娘，站在窗下看了一會兒之後，便回屋去了。
另一邊，羅氏聽說祁雲昕去找祁雲菲，想起她前些日子說過的瘋言瘋語，覺得不太對勁，趕緊把女兒身邊的丫鬟叫過來問話。
聽抱琴說，祁雲昕跟祁雲菲在屋裡待了許久，似乎還發生爭吵，羅氏蹙了蹙眉。女兒向來看不上祁雲菲，今日怎麼會特意去三房等她回來？而且，最近祁雲菲出門的次數，是不是太過頻繁了些……
沒幾日祁雲菲就要入靜王府，經常出去實在不妥。若是靜王知道，難免會對她不滿。
「去打聽一下，四丫頭哪日出過門，去了多久，都去了什麼地方。」
「是，夫人。」
晚上，丫鬟來稟報了。
「從去年十一月開始，四姑娘便常常出門，至於去什麼地方，就不清楚了。這幾日四姑娘天天出去，好像在城門口待了很久。
「今日，四姑娘去了東升客棧，在那裡租了一間房，租期是一年。後來還去筆墨鋪子，幫四少爺買狀元紙。」

城門、客棧……祁雲菲想幹什麼?!

想到再幾日祁雲菲便要入靜王府，羅氏突然反應過來，背後生出一身冷汗。

「來人，把四丫頭和柔姨娘押過來！」

此時，祁雲菲正在柔姨娘屋裡吃飯，門口突然冒出幾個嬤嬤，不由分說，粗魯地把她們押去正院。

想到還有用得著祁雲菲的地方，羅氏開門見山道：「四丫頭，不管妳想做什麼，多想想柔姨娘。幾日後妳就要出嫁，回去好好準備吧，柔姨娘先在我院子裡住幾日。」

她說完，把一張東升客棧的單子扔過來。

祁雲菲的臉色頓時變得蒼白如紙。

她想過逃跑有多困難，可沒想到，還沒跑就被發現。跟勢大的定國公府相比，她果然太過弱小，卻不知，自己又被重生的祁雲昕坑了。

前一次是賣柔姨娘的事，這一次是逃跑。若再晚個三、五日，路人便不會記得她，根本沒人能查到她去過東升客棧。

瞧著柔姨娘被帶走，祁雲菲雙眼無神，癱坐在地，好一會兒才起身離開。

出了門，冷風一吹，祁雲菲感覺渾身冰冷。但是身上再冷，也不比心中的絕望更冷。

這時，祁雲昕迎面走來，看著祁雲菲喪氣的模樣，揚起諷刺的笑。

「四妹妹，我著實沒想到，妳居然會想著逃跑。不過，多虧四妹妹有如此想法，要不然，母親就會懷疑，今日我為何去找妳了。」

聽祁雲昕這麼說，祁雲菲終於知道，事情壞在了誰身上。

祁雲昕上前一步，在祁雲菲耳邊道：「四妹妹，妳可想清楚，到底要聽誰的。如果我嫁給睿王，柔姨娘別想好過。但是呢，若妳嫁給睿王，靠著睿王，以他的滔天權勢，柔姨娘不就沒事了嗎？」

祁雲菲緊緊握住拳頭，簷下還未收起的紅色燈籠被風吹過，影子或明或暗地投在她臉上，隨後平靜地開了口——

「自然是入靜王府。」

「妳！」祁雲昕大怒。

祁雲菲無視祁雲昕的怒火，冷冷地說：「大姊姊，這輩子還很長，鹿死誰手，不到最後，誰也不知道，妳焉知我以後不會翻身？妳敢對付柔姨娘，我定不會讓妳好過！」

既然定國公府的人不想讓她好過，她再入一次靜王府又如何？

有了前世的記憶，知曉那些危險，她就不信，自己還會那麼早死。即便最終會死，也要先把柔姨娘救出去。等靜王登基後，她絕對不放過定國公府的人，祁雲昕就一輩子待在極南荒涼之地吧！

說罷，祁雲菲擦擦臉上的淚，平靜地離開了。

祁雲昕見祁雲菲如此不識時務，簡直要氣死了，想到祁雲菲前世當上皇貴妃，定國公府的人跟她全跪在地上請安的場面，不由緊緊握住拳頭。

她不能讓祁雲菲得逞，皇貴妃的位置是她的，不，甚至是皇后。靜王妃不過是侯府出身，和她根本無法相比。

現在，祁雲菲不過是個庶女罷了，真當她治不了她嗎？

祁雲昕想著，暗暗冷笑，整理一下衣裳，緩緩走去了正房。

# 第十五章

進了正房，見過羅氏後，祁雲昕笑著說起去找祁雲菲的來龍去脈。

「母親，最近女兒察覺四妹妹有些不對勁，今日特意去找她問了問，沒想到母親動作更快，還是您更厲害些。」

羅氏本想質問祁雲昕去三房的事，此刻一聽女兒的解釋，頓時放了心。

「我說妳今日怎麼去找四丫頭，原來是察覺到了。」

祁雲昕笑著說：「可不是嗎，這幾個月來，四妹妹經常出府，雖然是四弟弟遣她去買東西，可從前也沒見她如此聽話，可不就反常了嗎？前些時日，女兒被父親關起來，沒來得及去查這件事，幸虧母親攔得及時，不然就被她得逞了。」

羅氏笑著說：「我也是見妳過去，才查出來的。說起來，還是妳更厲害。」

祁雲昕也笑。「女兒就要嫁給睿王，不厲害些怎麼行呢。」

聽到這話，羅氏更加滿意。

「嗯，妳能想清楚便好。前些日子，妳著實任性了。睿王身分何其高貴，能嫁給他，是妳的福氣，也是整個定國公府的福氣。最近妳沒出門，不知外頭的人有多麼羨慕妳。往後嫁入睿王府，不能再如此任性了，知道嗎？」

祁雲昕乖巧地應下。「知道啦，女兒都聽您的。」

羅氏摸摸她的頭髮。「嗯，妳聽話，母親就放心了。」

祁雲昕見狀，知曉羅氏對她放鬆了警戒，更加開心了。

很快，到了出嫁那日。

一大早，正院那邊就傳來陣陣人聲，隔得那麼遠，連三房都能聽到動靜。

此刻，祁雲菲坐在榻上，聽著窗外的聲音，看著長出綠芽的樹，一坐便是一上午，身上透出一股絕望的氣息。

中午吃飯時，香竹進來了。

「姑娘。」

「嗯？」祁雲菲抬頭看向她。

香竹抿唇，似是想說什麼，又有些難以啟齒。

「說吧，何事？」

香竹咬了咬唇，道：「姑娘，正院人手不夠，叫奴婢去幫忙。」

這又是前世沒發生的事，不過，祁雲菲已經不在乎了。她努力這麼久，什麼都沒能做成，一切還是跟從前一樣，對她的打擊實在很大。

「嗯，那妳去吧。」

香竹道：「可是，姑娘，您的東西還沒收拾好。」

「不必了。我東西少，不用收拾。」

這時，外面又傳進一道聲音。「香竹姑娘，快些吧，別讓管事等久了。」

「是。」

香竹臨走前，又看祁雲菲一眼，才轉頭跟著一個小丫鬟去了正院。

簡單吃了幾口飯之後，祁雲菲又坐在窗邊發呆。

她開始思索最近這些跟前世不一樣的事，想來想去，最大的不同，就是祁雲昕反常的舉動了。

之前，她一直認為，是自己重生改變了很多事情，可如今想來，卻覺得不太像。

這幾日她得知了一個消息，原來祁雲昕之前就鬧著不想嫁給睿王，還因為此事被定國公禁足。

而後，祁雲昕來找她，想跟她交換親事。

怎麼想，怎麼不對勁。

這門親事，可是祁雲昕努力求來的，聖旨到後，她臉上的喜悅不似作偽。

這幾個月來，祁雲昕非常高興，一切都跟前世一樣。為何那日突然變了，不想嫁給睿王當正妃，而是入靜王府為妾？

她感覺祁雲昕並不喜歡靜王，如今靜王看起來也沒有登基的可能，那她為何一定要嫁靜王呢？靜王可是處處不如睿王。

她是因為有了前世記憶，才知道靜王會登基，可祁雲昕並不——

想到這裡，祁雲菲突然瞪大了眼睛。

難不成，祁雲昕也重生了?!

想到這一點，祁雲菲的心怦怦怦地跳起來，腦海中飛快思考這些日子發生的事，越想越覺得可能。

是啊，她能重生，祁雲昕為何不可以？

她重生回來，是想拯救自己和柔姨娘的命運。那祁雲昕想做什麼？想來也是改變命運。

以祁雲昕的性子，以她對祁雲昕的了解，若是重生，肯定會如同她不想入靜王府一樣，不願嫁給睿王。畢竟前世祁雲昕似乎對睿王非常不滿，一直想從荒涼之地回來，想跟他和離。

既如此，祁雲昕不會這般輕易罷手，肯定還有後招！

祁雲菲正想著呢，門突然被人敲響了。

祁雲菲捣住胸口，勉強定了心神，問道：「誰啊？」

「四姑娘，奴婢是大姑娘身邊的丫鬟抱琴，大姑娘說有東西要給您。」

祁雲菲緊張地說：「什麼東西？」

「四姑娘，您開門呀，開了門就知道了。」

祁雲菲仍舊沒動。

可是門並沒有關，抱琴遂推門而入。

「四姑娘，奴婢進來了。」

祁雲菲看著抱琴，心怦怦直跳。然而，她沒來得及開口，只見抱琴手一揚，眼前一花，就暈了過去。

抱琴見祁雲菲暈倒，嘲諷道：「四姑娘，我們大姑娘這是怕您不去靜王府，才這麼做。您早點聽話，不就得了。」說完，便去給祁雲昕報信。

而跟抱琴一起來的兩個婆子，走出三房院子之後，又偷偷折回來，替祁雲菲蓋上蓋頭，扶著她離開。

大房裡，祁雲昕聽到抱琴的回答，笑著點點頭，側頭看了侍書一眼。

下一刻，抱琴暈倒了，滿臉不可置信，她居然也被下藥了。

祁雲昕冷哼一聲。「這般不聽話的奴才，我已經忍妳很久了。這換親一事，可是妳幹的，是妳聯合四妹妹叫婆子幫忙，與我無關。」說罷，嫌惡地吩咐。「扒了她的衣服，再把人扔進偏房。」

抱琴被拖走後，吉時便到了。

祁雲昕帶侍書上轎，立刻把自己的嫁衣換給早已被藏在轎裡的祁雲菲，而後穿上抱琴的衣裳。

接著，侍書叫轎子停下來，說祁雲昕有東西忘記拿，讓她們回去取。

今日熱鬧人多，轎子又大，沒人知道到底坐了幾個人。聽是祁雲昕的吩咐，雖然覺得不妥，轎伕還是讓她們下來了。

接著，祁雲昕和侍書找了個鄰近定國公府後門的隱蔽處，換上祁雲菲的嫁衣。

隨後，侍書在後門引開轎伕的注意，讓祁雲昕坐上靜王府的花轎，再叫香竹出來。

就這般，兩頂轎子入了不同的府。

此刻，衛岑瀾正待在正對靜王府後門的茶樓上。

他之所以會在這裡，是因為感覺今日定國公府似乎有些不對勁。至於哪裡不對勁，他也說不上來，遂過來看看。

不過，親眼看著祁雲菲蒙著蓋頭下轎，扶著丫鬟的手入靜王府，衛岑瀾鬆了一口氣的同時，心中也生出一絲說不清、道不明的情緒。

「王爺，今日是您成親的日子，天色已晚，咱們該回去了。」

衛岑瀾垂眸。「不急。」

娶她，是為了安皇兄的心。不拜堂，是要給她一個教訓，讓她不要繼續猖狂。

祁雲昕仗著他的勢去砸鋪子、打傷人，且不知悔改。他可以遵從皇兄的意思娶了她，但不能放任她如此行事。

祁雲昕入了靜王府，為了不讓香竹發現不對，清清嗓子，把香竹趕出去。

香竹雖覺得有些奇怪，但還是聽話地下去了。

很快地，窄小的屋子裡，只剩下祁雲昕一個人。

對於這般待遇，祁雲昕絲毫不覺得難堪。

再難堪，也比不過她前世在婚禮上受的屈辱。

前世，成親當日，衛岑瀾根本沒出現，足足晾了她一日。雖然她如願嫁給衛岑瀾，卻也成了京城的笑柄。

衛岑瀾只是聽從平德帝和皇后的安排，並非真心想娶她，且對她異常厭惡。

靜王定不會如此。

想到靜王登基後，她會成為皇貴妃，之前屬於祁雲菲的一切，全會屬於她，祁雲昕嘴角的笑便一直沒落下。

沒過多久，外面傳來請安的聲音。

「見過王爺。」

接著，門被推開了，祁雲昕感覺面前出現一個身影，心臟頓時撲通直跳。

靜王看看蓋著蓋頭的祁雲昕，嘴角勾出諷刺的笑。不過是個妾罷了，竟然還蓋蓋頭，倒是講究得很。

定國公府真當他不知道他們在打什麼主意嗎？不過，他也是用得著他們，才答應納他們的庶女，雙方互相利用罷了。

想到這裡，靜王抬手去掀祁雲昕臉上的紅蓋頭。

掀開的那瞬間，看著面前的姑娘，靜王驚訝至極。雖然他沒看過祁雲菲，卻識得祁雲昕，她常常入宮陪皇后娘娘，也會赴各種筵席，他自然不陌生。

只是，今日祁雲昕不是要嫁給衛岑瀾嗎？他剛剛還去吃了酒席。不過，衛岑瀾並未出現，他還覺得祁雲昕可憐呢。

難不成，被人掉包了？

「大姑娘，妳怎麼會出現在這裡？」

聽到靜王在叫她，祁雲昕露出笑容。「臣女自小就喜歡王爺，一直想嫁給王爺，無奈王爺早早娶了正妃跟側妃。本以為臣女沒機會了，沒想到還能等到這樣的一日。」

聽到這話，靜王微微挑了挑眉。喜歡他？他從前怎麼沒發現。

看著靜王臉上的表情，祁雲昕握住了靜王的手，放到自己的臉上，略顯羞澀地說：「王爺，您不喜歡嗎？我父親是定國公，要了我不比我堂妹強多了？」

「那衛岑瀾那邊……」

「臣女都是被逼的，臣女並不喜歡他。」

不得不說，靜王非常欣喜，美人寧願做他的妾，也不願嫁衛岑瀾當正妃，可見他比衛岑瀾更有魅力。而且，如美人所言，她是定國公府的嫡長女，要了她，比一個庶女強多了。

況且，這還是自己送上門來的，明日他只推說一切不知便是。到時候，生米煮成熟飯，祁雲昕就只能待在他府中了。

「這是妳算計的？」

祁雲昕反問：「王爺不喜歡嗎？」

靜王聽了，摩挲她的臉，垂頭嗅聞她身上的香氣。「本王也早就心悅大姑娘，承蒙大姑娘看得起本王。」

接著，兩人相視一笑，抱在了一起。

一個時辰後，衛岑瀾回到睿王府。

此刻，賓客早已散去，除了到處懸掛的紅綢和紅燈籠，絲毫看不出成親的喜氣。

衛岑瀾並未去後院，而是直接去了前院。

王管事想了想，追上衛岑瀾，有些急切地喊。「王爺。」

衛岑瀾停下腳步。「何事？」

「有件事，老奴不知當講不當講，但總覺得有些怪。」

「嗯？」

「王妃似乎從下轎後就是暈著的，直到現在還沒醒過來。」

衛岑瀾微微蹙眉。

「看著像是被下了藥，王妃身邊的人也怪怪的。」

衛岑瀾思索片刻，抬腳去了後院。雖然他不喜歡祁雲昕，想冷一冷她，但也不希望新婚第一日，她就在睿王府出事。

衛岑瀾進了婚房，發現身著喜服的妻子果然正靠在床邊。

看到衛岑瀾進來，所有人跪下請安，除了睿王妃。

從宮裡來的嬤嬤瞧見衛岑瀾冰冷的臉色，趕緊從地上爬起來，走到祁雲菲身邊，使勁掐她一下，大聲叫道：「王妃，王爺來了，您快醒醒。」

這位王妃也太不像話了，睿王雖然沒來拜堂，但也不能如此心大，居然一直睡著。此刻睿王都來了，她還不醒，也太不把睿王放在心上了。

真是個不懂規矩的姑娘，怪不得睿王不喜。

祁雲菲身上的藥勁已經退去不少，又被這麼一掐一吼，徹底清醒了，只是眼前還蓋著蓋頭，一時沒反應過來。

見祁雲菲醒轉，嬤嬤再次大聲提醒。「王爺來了，王妃快坐好。」

祁雲菲正迷糊著，聽到王妃兩字，不由一驚。

王爺？王妃？剛剛她好像被祁雲昕的丫鬟下藥迷暈了，此刻已經在靜王府了嗎？祁雲昕為何讓人迷暈她？靜王妃怎麼也過來了？前世好像是隔日才見到靜王妃。

嬤嬤見祁雲菲還坐著，生氣地推她一下。由於力道太大，本就搖搖欲墜的紅蓋頭從她頭上落下。

祁雲菲的眼前終於亮了，閉了閉眼，習慣了面前的光，才睜開。

只是，似乎哪裡不太對勁？接著，她感受到一道灼熱的目光，慢慢抬頭看去。

看清楚面前的男子是何人時，祁雲菲驚訝地瞪大了眼睛。

這陌生的環境、陌生的情形、熟悉而又陌生的人……她莫不是在作夢吧？不然，岑大人為何會出現在她的房間裡？

不只祁雲菲驚訝，衛岑瀾也錯愕至極。他分明親眼看著她進了靜王府，此刻人怎會在他府中？

那麼，入了靜王府的，又是誰？

# 第十六章

嬤嬤見衛岑瀾和祁雲菲在發呆，想到自己今日的差事，忙揚聲道：「睿王，睿王妃，咱們接著走禮吧。」說著，就要撿起蓋頭，幫祁雲菲蓋上。

聽到睿王兩字，祁雲菲瞬間回神。

岑大人……竟然是睿王！

祁雲菲全明白了。她不是在作夢，這是現實。祁雲昕故意讓抱琴迷暈她，就是為了把她們倆換過來。

果然，她沒猜錯，祁雲昕還是下手了。

只是，她沒想到祁雲昕這麼大膽。為了入靜王府，居然敢在這種大事上動手腳，不要命了嗎？

接著，她沒心思去想祁雲昕了，發現自己的處境同樣很糟，甚至比祁雲昕還要糟。

前世，靜王和祁雲昕說睿王心狠手辣，會打罵女人。

而岑大人與睿王合二為一這件事，更是加重了她的恐懼。

她到底哪裡來的臉，以為睿王和小舅舅相識，厚著臉皮同他攀關係，還要他幫她查小舅舅的事……

祁雲菲控制不住，身子發抖起來。

他何時說過認識小舅舅，一切都是她臆想的。

祁雲菲抬頭覷衛岑瀾的臉色，見他眉頭緊蹙，又想到，靜王的皇位，還是睿王讓給他的。

如今衛岑瀾權勢滔天，小舅舅的事情還好說，今日的事情可是死罪。

看著他跟往日不同的冷臉，祁雲菲終於克制不住，撲通一聲跪在地上。「王爺，臣女不知情啊。」說罷，淚如雨下，身子抖如篩糠。

嬤嬤正欲替祁雲菲重新蓋上蓋頭，看著祁雲菲的舉動，面露詫異之色。

衛岑瀾深深嘆了一口氣。「全都出去。」

嬤嬤想說話，看看衛岑瀾的臉色，忍住了。

等下人都走光後，衛岑瀾揚聲道：「來人，把定國公府過來的人全看好，去查一下，到底是怎麼回事！」

忽然現身的侍衛領命而去。

侍衛走後，屋內只剩下祁雲菲和衛岑瀾。

聽著祁雲菲嚶嚶的抽泣聲，衛岑瀾感覺額角有些痛。

這些年，大齊的事都在他的掌控之中，靜王暗地聯絡朝臣，也是他默許的。

他已經習慣了這種掌控全局的感覺，沒想到今日卻發生了意外，祁雲菲居然出現在他的婚房裡。

想到她之前說過對靜王的喜歡，衛岑瀾嘆氣，撩起衣襬，坐到一旁的椅子上。

見衛岑瀾坐得離自己極近，祁雲菲的心開始怦怦怦跳起來，往日甚是熟悉的黑色皂靴，此刻看起來甚是可怕。

明明面前男子是她的救命恩人，可是，冠上「睿王」這個封號，就顯得格外嚇人。

前世，祁雲昕寫給她的信中，那些對衛岑瀾的控訴，反反覆覆浮現在眼前，讓她又不住地發抖。

她怕靜王，可她更害怕衛岑瀾。

之前他救了她，她卻得寸進尺，拜託他去查小舅舅的事，他一定很討厭她吧？

萬一衛岑瀾以為這件事是她幹的，要殺了她，怎麼辦？他會相信她不知情嗎？他會不會因為之前的事，認為她是個心機深沈的人，才處心積慮想跟祁雲昕交換。

這時，渾厚而又低沈的聲音響起。

「別跪著了，地上涼，起來說話。」

縱使話裡的意思是關切，可祁雲菲仍舊抖個不停。

「王爺，這一切都是嫡姊所為，跟臣女沒關係，臣女……臣女什麼都不知道。」

祁雲菲想，衛岑瀾可能不信，她還是要說清楚。

見祁雲菲如此害怕，衛岑瀾再次嘆氣。他就這麼可怕嗎？從前怎麼沒見她這麼怕他。他何時懷疑過她了？

「嗯，本王會查清楚，先起來吧。」

「是……」

衛岑瀾已經說了兩遍，祁雲菲哪敢不聽，哆哆嗦嗦爬起身，又忍不住後退幾步。

衛岑瀾見狀，眉間皺褶深了些。這都是什麼亂七八糟的事，兩人此刻的處境，著實尷尬。

這會兒，他也不知該跟她說什麼了。

祁雲菲垂下頭，靠床站著，目光晦暗不明，不知在想什麼。

衛岑瀾閉著眼睛，坐在椅子上。

兩個人就這般安靜了下來。

半個時辰後，冷侍衛回來了。

聽到動靜，祁雲菲哆嗦一下，看向冷侍衛。
衛岑瀾看祁雲菲一眼，問冷侍衛。「如何？」
冷侍衛把整件事原原本本說出來。
衛岑瀾蹙眉，祁雲菲的眼神中交織著害怕與憤怒。
果然是祁雲昕幹的，也太無恥了些，竟然還想栽贓到她頭上，說她跟抱琴合謀。著實可笑，抱琴向來對她不假辭色，兩人私下並無往來。
衛岑瀾似是察覺到祁雲菲的思緒，又瞥她一下，想起她喜歡靜王，接著問：「靜王府那邊如何？」
冷侍衛不帶一絲情緒地回話。「靜王和定國公府嫡長女已行周公之禮。」
衛岑瀾抿唇，見小姑娘緊咬嘴唇，眼睛哭得紅通通，想了想道：「你先下去吧。」
冷侍衛退下，衛岑瀾站起來，對祁雲菲道：「莫要哭了，這件事情與妳無關。等會兒本王便派人送妳回定國公府。不過，如果妳還想入靜王府，恐怕有些難了。」
把兩個女兒送給靜王做妾，這種事情，莫說定國公府不會答應，平德帝也不會准。
聽到這話，祁雲菲終於抬頭望向衛岑瀾。
瞧著小姑娘清澈的眼睛，想到她對入靜王府的欣喜，衛岑瀾心裡一軟，忍不住道：「即便難，也不是辦不到。要是妳真的想去，本王幫妳。」

若她喜歡，他再幫她一次又如何？

只是……衛岑瀾眉頭蹙得更深，這並不是最好的法子。

此事牽扯甚深，最好的、也最簡單的法子其實是——

將錯就錯。

但這想法僅維持一瞬，就被他否定了。

小姑娘心有所屬，滿心想入靜王府，他提出來，她也不會答應。

想到這裡，衛岑瀾嘆氣，道：「收拾一下吧，本王讓人送妳回去。」說罷，轉身離去。

此刻，祁雲菲終於回神，快步跑到衛岑瀾面前，抓住他的袖子，阻攔他的去路。

看著這雙深邃無波、彷彿能看透人心的眼睛，祁雲菲咬了咬唇，說出一句讓衛岑瀾意外的話。

「我……我不想回去。」也不能回去。

在這半個時辰裡，祁雲菲想到了很多事情。

兩世以來，她早已知曉定國公府是怎樣的深淵。祁雲昕此舉是抗旨，肯定要對平德帝有個交代，依定國公府的人往日所為，定會順水推舟，把這件事情扣到她頭上。

衛岑瀾施壓又能如何？只要她入了定國公府，外面的人就掌控不了。明日她「畏罪」死了，什麼事情都能平息。

去靜王府？更不可能。祁雲昕已經跟靜王有了肌膚之親，同為定國公府的姑娘，她不可能再入靜王府。

即便能進去，這對她來說，日子更加艱辛。前世靜王無緣無故殺了她，今生祁雲昕又想害死她，她會死得比前世更快。

唯一能保住性命的法子，就是留在睿王府。

如今平德帝還沒死，衛岑瀾依舊是大齊最有權勢之人，他定能幫她解決眼前的困境，說不定還能救出柔姨娘。

這會兒，她也看出來了，衛岑瀾救過她多次，感覺不似靜王和祁雲昕口中所形容的那麼可怕。這兩人，一個對衛岑瀾恩將仇報，一個算計衛岑瀾，都不是什麼好人，他們的話未必能信。

她要賭一把，賭衛岑瀾對她的態度。即便輸了，也不過是死。左右都是死，不如嘗試一條未知的路。

祁雲昕說這事是她幹的，她可以告訴衛岑瀾，其實是祁雲昕下的手。

祁雲菲張了張口，想要說話。

衛岑瀾看見祁雲菲猶豫的樣子，以為她還有話要說，微微垂頭。

看著衛岑瀾眼中的冰冷，看著衛岑瀾離得極近且緊抿的薄唇，祁雲菲不知哪裡來的勇氣，閉上眼睛，踮起腳尖，摟住衛岑瀾的脖子親上去。

這輩子，她想活著，想跟柔姨娘一起好好活著。

四唇相接的瞬間，兩人的心跳都加快了些。

衛岑瀾長了這麼大，這還是第一次被姑娘抱著親，向來冷靜的他，也難得有些不知所措。

片刻後，衛岑瀾反應過來，看向近在咫尺的祁雲菲。見她俏臉緋紅，長長的睫毛亂顫，看起來緊張至極。

不過，縱使緊張，摟著他脖子的雙手倒是挺緊的。

衛岑瀾微微用了一絲力氣，推開了祁雲菲。

這下，祁雲菲的臉更紅了，緊緊咬著唇，如同被水霧洗過的雙眼先是逃避似地瞥向旁邊，尷尬得不知所措。接著，似是鼓足了勇氣，盯著面色冷峻的男人看。

衛岑瀾眉頭微蹙，冷著臉問：「知道自己剛剛在做什麼嗎？」臉色極冷，但仔細瞧，便能發現，他的耳根微紅。

他剛剛是存了將錯就錯的心思，卻沒想過會發生這樣的事。

這小姑娘的膽子著實大了些。其他姑娘被他一看，多半會嚇得不知所措，可祁雲菲不僅不怕他，居然還大著膽子親他。

不，她哪裡是不怕他。

這時，他才看清楚祁雲菲今日的裝扮，一身大紅色喜服，襯得那張俏臉更嬌嫩了。不過，許是出於緊張，許是害羞，那張臉快比喜服還要紅了。

祁雲菲咬了咬微紅的唇瓣。「知道。」

知道還這麼做！

衛岑瀾眉頭皺得更緊，脫口就想訓斥。不過，話到嘴邊，還是嚥了回去。不管怎麼說，這小姑娘幫過他，他不能像對別的姑娘一樣待她。

而且，那雙美麗的眼睛裡，霧氣越來越重，他敢保證，若是他敢訓她，下一刻她就能哭出來。

而他，最不想看小姑娘哭。

「為何還這麼做？」衛岑瀾沈聲道。

祁雲菲哆哆嗦嗦地回答。「我……我也是不得已。」

聽到這話，衛岑瀾探究似地打量她，想到今日的事，仔細思索一番，很快就明白了祁雲菲的處境。

一個是嫡女，一個是庶女，嫡女還試圖把所有事情推到庶女身上，且定國公是嫡女的親生父親。

想到定國公的性子，衛岑瀾猜出祁雲菲的用意了。

想清楚之後，衛岑瀾平復心情，儘量和氣地說：「妳不必如此。若是不放心，本王可以陪妳回定國公府，親自向定國公解釋清楚。」

孰料，祁雲菲聞言，立時紅了眼睛，搖頭拒絕。「我不能回去。」

活了兩世，祁雲菲很了解定國公府的人，衛岑瀾去解釋，他們明面上不會怎樣，背地裡肯定不會饒了她。

她一個未出嫁的姑娘，他們有無數的辦法整治她。暴斃而亡可以，把她送入別家為姬妾也可以。她父親既然能賣她一次，也能賣她第二次，焉知她以後會被賣給何人？

想到三姊姊的處境，祁雲菲覺得，倒不如跟著衛岑瀾。反正衛岑瀾與帝位無緣，定國公府從她這裡得不到什麼好處，柔姨娘也不會受到威脅。

日後，祁雲昕成為皇貴妃，地位比她尊貴，亦不可能再去求她。

她不怪祁雲昕了，也不想報復她，只想跟柔姨娘好好活著，活著見到小舅舅。

等到靜王登基，她便帶著柔姨娘，跟衛岑瀾去南邊，遠離吃人的定國公府，遠離陰晴不定的靜王。

想到這裡，祁雲菲扯了扯衛岑瀾的衣袖，說出實話，祈求道：「您別把我送回去，好不好？大伯不會饒了我，父親也會把我賣掉。」

衛岑瀾垂眸瞧著深色華服上那雙白皙的小手，定了定神，訝異定國公府的人怎會如此行事。

不過，小姑娘眼中的害怕不像是偽裝，一看便知她恐懼至極。看來，定國公府的人平日沒少欺負她。

如果定國公府的人真做出這樣的事，縱然他是王爺，也幫不了她。

衛岑瀾臉色陰沈了幾分，此刻小姑娘本應該在靜王府，再想到之前她提到靜王時的欣喜，嘴唇動了幾下，說出另一個提議。

「既如此，那此事了了之後，本王把妳送去靜王府。」

祁雲菲聽了，頭搖得更厲害，蓄積在眼中的淚終於如珍珠般，一顆顆滾落。

衛岑瀾見她似乎更害怕了，目光微動。「妳不是喜歡靜王嗎？」

祁雲菲哽咽出聲。「我……我……」想起之前在衛岑瀾面前說過的話，思來想去，又撒了謊。「我是被大伯和父親逼的，我沒見過靜王，更談不上喜歡。」

靜王比定國公府的人更可怕，靜王會殺了她。

衛岑瀾沒想到會聽到這樣的回答，一時之間，也沈默下來。

定國公府待她如此，此刻把她送回去，等於入了龍潭虎穴。若她是被逼著入靜王府，那靜王府也不是好去處。

靜王是他的親姪子，他說的話，靜王會聽。他證明她的清白，靜王也會相信。

只是，小姑娘已經到他府裡走了一遭，名聲有礙，而且，她竟然親了他。

回想起剛剛的事，衛岑瀾臉上微微露出不自然的神情。

不期然地，那個提議又冒上了他的心頭……

# 第十七章

祁雲菲以為衛岑瀾還想把她送入靜王府，驚懼之下，撲通一聲，再次跪在地上。

「您幫幫我，好不好？」

說罷，她仰起頭，貝齒咬著下唇，伸手扯衛岑瀾的衣襬。

祁雲菲本就長得美，如今身著大紅色喜服，頭上戴著珠釵，更比從前美豔幾分。如此美豔的姑娘做出這樣撩人的動作，更讓人動容。即便是衛岑瀾這種不近女色之人，居高臨下看著她，都覺得心跳亂了幾下。

不過，看著祁雲菲害怕的眼神，衛岑瀾心神一震，突然明白自己犯了怎樣的錯。他替她著想，想幫著她，不願勉強她，卻差點做了最傷害她的事。

她已經被抬進睿王府，即便他能證明她的清白，世間又有多少男子能不在意？

說到底，祁雲菲才是整件事裡最無辜的人。先是受父親跟伯父逼迫，嫁給不喜歡的人，隨後又被堂姊迷暈，送入另一名男子的府中。要是把她送回定國公府，不知還會遭受怎樣的磨難。

她的處境，真是糟糕至極。

皇兄希望他娶定國公府的姑娘，跟皇后那邊的勢力共處。既然眼前的小姑娘也出身定國公府，自是一樣。

況且，小姑娘比祁雲昕順眼不少，他護她一輩子又如何？

考慮清楚後，衛岑瀾的眼神比剛剛溫和許多。「地上涼，起來吧。本王答應妳。」

祁雲菲聽到這句話，懸著的心終於落到了實處，整個人鬆懈下來，不僅沒起身，反而癱在地上，眼看就要倒下。

不過，她被一雙寬厚的手扶住了。

這是衛岑瀾第二次扶祁雲菲。

上一次，祁雲菲以為衛岑瀾不知她是姑娘，且很快就鬆開，她又被韓大松的消息吸引了注意，所以沒什麼感覺。

這一次，看著衛岑瀾近在咫尺的俊顏，祁雲菲卻生出不一樣的感覺。雖然穿著厚厚的喜服，但她仍覺得胳膊火辣辣的，這雙手似乎有魔力，能透過厚重衣裳，把手上的溫熱傳遞到她身上。

直到被衛岑瀾扶起來了，祁雲菲的臉仍舊紅得不行。

衛岑瀾看著這張脹紅的臉，很自然地收回自己的手。

「來人，打水讓王妃擦擦臉。」

聽到衛岑瀾說「王妃」兩字，祁雲菲立時瞪大了眼，不可置信地看向衛岑瀾，嘴唇哆哆嗦嗦。

「王……王爺……」

衛岑瀾明白她在想什麼，聲音依舊冷，目光卻柔和了些。「本王暫時沒有納妾的打算，既然是八抬大轎抬進來的，便是正妃。」

祁雲菲簡直不敢相信自己的耳朵，猶如在夢中一般。

她竟然要成為睿王妃了？這怎麼可能，她出身卑賤，不配。

可衛岑瀾親口承認了……

直到侍女端著水進房伺候，祁雲菲才回過神來，發現衛岑瀾已經出去了。

一會兒後，祁雲菲洗完臉，坐在床上緊張不安時，衛岑瀾回來了。

此刻的衛岑瀾，分明跟剛剛那個，以及她之前認識的岑大人是同一個人，可不知為何，竟讓她沒來由緊張起來。

許是因為身分不一樣了，又想到即將發生的事情，望著朝她走來的高大男子，祁雲菲的心撲通撲通跳起來，不敢看他。

剛剛衛岑瀾出去問話了，得知今天跟來的奴僕中，有幾個人是祁雲昕的幫手，遂單獨看押起來，等明日一早再處置。

他進來後，看著不僅臉，耳朵和脖子也紅成一片的小姑娘，抬手抵在唇邊，輕咳了一聲。

「歇下吧。」

「嗯。」祁雲菲的臉色更紅了。

兩個人脫去外衣，並肩躺在床上。

身邊躺了個陌生男子，想到等會兒要發生的事，祁雲菲心跳漸漸加快。可身側之人一直沒有動靜，她的心跳漸漸平穩，生出一絲疑惑。

漸漸地，整個世界似乎安靜下來，靜得只能聽到屋內喜燭偶然發出的滋啦聲。

如此過了一刻鐘，聽著耳邊的綿長呼吸，祁雲菲微微蹙眉。

衛岑瀾這是……睡著了嗎？

想到這裡，祁雲菲鼓起勇氣，伸手往旁邊摸，什麼都沒碰到，又飛快縮回來。

接著，她的手又移動一下，還是什麼都沒碰到。

如是幾次，祁雲菲的動作大了些，膽子也大了，終於碰到衛岑瀾的胳膊。

祁雲菲嚇得不輕，臉立時紅起來，再次縮回手，心臟怦怦亂跳，許久之後，見身側的人依舊沒反應，鬆了口氣，同時又有些失落。

於是，她更大膽了，這次準確無誤地觸碰到一隻溫熱的大掌，沒再把手縮回來，而是鼓足勇氣，用略微冰涼的小手握住它。

衛岑瀾長這麼大，身側第一次躺了人，他睡覺向來機敏，怎會沒察覺到祁雲菲的小動作。回想剛剛兩人的對話，自然知道她是什麼意思。

他輕輕嘆氣，握住冰涼無骨的小手，輕輕挪開，沈聲道：「夜已深，睡吧。」

祁雲菲聽了，臉瞬間爆紅，比剛才還要紅。

她這是……又被衛岑瀾拒絕了？

活了兩世，今日是她第一次大著膽子做這樣的事，卻接連兩次被拒絕，羞憤難耐。

可更難受的是，她發現衛岑瀾絲毫沒這個意思。

想到祁雲昕已經跟靜王有了肌膚之親，她根本沒了退路。

這件事，明日一早就會鬧出來，雖然衛岑瀾答應護著她，可上面畢竟有平德帝，他是衛岑瀾的親兄長，更是靜王的父親。

她不知靜王這個心狠手辣之人會做什麼，如果他跟祁雲昕聯手，把所有事情推到她身上，衛岑瀾去解釋，平德帝究竟會聽誰的？是信兒子的話，還是信弟弟的話？

不管怎麼說，前世平德帝是把皇位傳給靜王，這是不是說明，他更相信兒子……

以靜王對衛岑瀾的厭惡，萬一靜王故意跟衛岑瀾作對，把她要過去再殺了她，那怎麼辦？

想到這些，祁雲菲慢慢變得絕望，忍不住又哭了起來。

聽到小姑娘嚶嚶的哭泣聲，衛岑瀾心頭一跳，眉頭再次蹙起來。

「莫要哭了。」

衛岑瀾不說還好，一開口，祁雲菲的哭聲越發大了。

衛岑瀾頗為無奈，小姑娘雖然早已及笄，卻比他小幾歲，突然覺得自己剛剛做得不妥，傷了她的心。

「對不起。」

衛岑瀾道了歉，祁雲菲的哭聲仍舊沒有停止，又握住了他的手。

衛岑瀾側頭，看著她通紅的眼眶以及眸裡的祈求，漸漸明白了她的意思，這是覺得他的承諾不夠安心？

他本不想這麼快做這樣的事，只是，若任由小姑娘如此擔憂下去，似乎不妥。而且，他不得不承認，唯有如此，明日的風波才更好解決。

因為，他也不能全然保證，皇兄會不會讓這身分的小姑娘成為他的正妃。

想到這裡，衛岑瀾重重嘆了口氣，翻身覆上她。

祁雲菲頓時不哭了，目光中流露出驚慌的神色。

衛岑瀾更加無奈。這小姑娘真有意思，敢大著膽子撩撥他，又不敢承受。

他笑了笑，想翻身回去，孰料剛有動作，脖子便被抱住。下一瞬，唇上傳來了一股溫熱。

身為一個男人，怎能讓自己的小妻子如此主動？

衛岑瀾把祁雲菲壓在了身下。

祁雲菲本以為又會是非常痛苦的經歷，沒想到跟想像中完全不同。

雖然衛岑瀾看起來冷漠，動作卻不似那般，待她異常溫柔，又異常體貼，這是一種熟悉而又陌生的感覺。

繾綣之後，祁雲菲的意識漸漸模糊起來。

這幾日，她一直恐懼著、擔憂著，如今塵埃已定，很快便累極睡去。

衛岑瀾看著懷中睡得極熟的人，無奈地嘆氣。

沒想到，救過他的小姑娘，會成為他的妻子。不過，這似乎沒那麼難以接受。

他本就想要護著她，報答她的恩情。如今看來，最好的報答，就是把她護在他的羽翼之下，一輩子為她遮風擋雨。

這般想著，衛岑瀾摸了摸祁雲菲的頭髮，也睡著了。

第二日一早，祁雲菲是在衛岑瀾懷裡醒過來的。

看著陌生的房間，她的心頓時提了起來，直到頭頂上傳來一道低沈的聲音。

「這麼早就醒了？」

聽到這個熟悉而又帶些生疏的嗓音，祁雲菲立即回神，昨日發生的事，一一浮現在腦海中。

想到自己恬不知恥地勾引衛岑瀾，祁雲菲脹紅了臉，掙扎著從衛岑瀾懷裡起來，跪在床上，顫巍巍地出了聲。

「王……王爺。」

懷中的軟玉溫香瞬間消失，衛岑瀾微微蹙眉，側頭看著誠惶誠恐的小妻子，甚是溫和地問：「還睏嗎？」

祁雲菲猛地搖頭。「不睏。」

「累嗎？」

祁雲菲臉紅了紅，再次搖頭。「不……不累。」

見小妻子似乎頗為怕他，又見她身上斑斑點點的紅痕，想到昨日的事，衛岑瀾目光深了幾分。

不過，想到今日要去做的事，衛岑瀾掀開了被子，道：「嗯，那就起來吧，等會兒跟本王一起進宮謝恩。」

「是。」祁雲菲乖順地回答。

衛岑瀾說完，披上外衣，拿起掛在牆上的劍，出去了。

祁雲菲見衛岑瀾沒有提及昨晚的事，頓時鬆了口氣。

接著，她聽到衛岑瀾似乎吩咐了幾句話，隨後，就有幾個侍女端著東西進來。

這些侍女跟定國公府的丫鬟完全不一樣，也跟前世在靜王府見到的不同，每個人都很沈默，但各司其職，認真做事。

漱洗一番，更衣梳妝後，衛岑瀾從外面回來了。

祁雲菲嚇得一顆心又提起，立刻站好，戰戰兢兢地看著他，不知所措。

沒想到，衛岑瀾只是衝著她點點頭，去了裡間。隨即有人抬來熱水，接著下人全退出去，只剩下祁雲菲。

聽著淨房傳來的嘩啦啦水聲，祁雲菲緊張得不得了。

若是她沒看錯，裡面似乎一個伺候的人都沒有，那她要不要進去服侍呢？

祁雲菲在原地來來回回走了幾圈，糾結許久，終於下定決心，微垂著頭，紅著臉，邁著小碎步朝淨房走去。

孰料，剛走到淨房門口，她就撞進一個溫暖、略帶潮濕的懷抱中。

祁雲菲捂住自己的鼻子。這胸膛不知道是吃什麼長出來的，撞得她疼死了。

衛岑瀾也沒料到會這般巧合，連忙扶住妻子，蹙著眉頭，關心一句。「撞疼了？」

祁雲菲一睜開眼，便看到衛岑瀾裸露在外面的胸膛，臉色瞬間通紅，飛快掙開他的手，摸了摸鼻子，趕緊搖頭。

衛岑瀾見狀，以為她是懼他，不敢說，遂又離得近些，仔細打量她的鼻子，似乎只是微紅，就放心了。

「妳要用淨房嗎？地上有水漬，讓下人進來打掃一下再用吧。」

祁雲菲垂著頭應下。至於她到底為何過來，完全沒有解釋。

衛岑瀾喚人去打掃淨房，回屋穿衣裳。

祁雲菲坐在床上，為剛剛的事情緊張著。

不一會兒，衛岑瀾換上一件藏青色常服，見小妻子一動不動，轉頭看看淨房的方向，見下人已經打掃好出去，想了想道：「本王先去花廳，妳收拾好就過來。」

他想，她應該是見他在屋內，不好意思了吧。

祁雲菲倏地站起來，緊張地說：「哦，我……我好了。」

衛岑瀾看她如此緊張，難得地笑了一下，安撫道：「不急，時辰還早。」說完，大步出了門。

祁雲菲摸摸滾燙的臉，靜默許久後，打開門，去了花廳。

# 第十八章

見祁雲菲過來了，衛岑瀾便吩咐人上早膳。

祁雲菲不敢坐下，見飯菜全放好，便要服侍衛岑瀾用膳。

衛岑瀾拍拍她的手，示意她坐在一旁。「本王無須人服侍，王妃好好吃飯便是。」

他在軍中待了多年，早已習慣親力親為。不僅不用侍女，也很少使喚小廝，更何況是自己娶回來的妻子呢。再說了，他比妻子年長幾歲，要是說起照顧，也是他照顧她，而非她來伺候他。

孰料，祁雲菲被衛岑瀾拍了一下的手立時紅起來，臉也紅了。

衛岑瀾看看被他拍紅的手，又看了看他的大掌，著實沒想到小妻子的皮膚竟這般嬌嫩，腦中想起昨晚的事，還有今日一早看到的風景，不由輕咳一聲。

「對不起，力道沒控制好。」

祁雲菲用袖子遮手，搖搖頭。「是我的關係，跟您無關。」

她就是這般，皮膚比常人白一些，又比較細嫩，稍微一碰就泛紅。若是夏日，被蚊蟲叮咬了，要好些日子才能恢復。

衛岑瀾聽後，沒說什麼，心中卻暗暗決定，下次定要控制好力道。

「吃飯吧。」

「嗯。」

祁雲菲心裡存著事，只吃了個小籠包，喝了一碗粥。

她剛放下碗筷，盤子裡便多了一個蛋黃包。

「廚房做的蛋黃包跟別處不太一樣，妳嚐嚐。」

祁雲菲覷著衛岑瀾的臉色，拿起筷子，挾起蛋黃包吃了。

她吃完，正要擱下筷子，面前又多了一顆紫薯。

「這是下面藩王進貢的紫薯，味道不錯。」

祁雲菲看了衛岑瀾一眼，聽話地吃完紫薯。

現在，祁雲菲是真的吃不下了，可她面前又多了一根油條。

這是衛岑瀾親手挾的油條，如果她不吃，他會不會不高興？

祁雲菲盯著油條許久，還是伸出了筷子。

衛岑瀾一直觀察著小妻子的神情，見她面露難色，便明白了她的意思。

在油條快要塞進祁雲菲的嘴巴時，衛岑瀾體貼地說：「吃不下就不要吃了，免得撐壞肚子。」

祁雲菲感激地看看衛岑瀾。

可是，她不敢。

她不是不識好歹的人，衛岑瀾是王爺之尊，昨晚幫了她，她不能在下人面前，這般不給他面子。

於是，祁雲菲抿唇，再次把油條放入口中。

不過，這一次，油條還未靠近嘴巴，便消失在眼前了。

祁雲菲不知，她臉上有種視死如歸的表情，彷彿眼前的油條是難以解決的敵人。衛岑瀾豈會看不出來，道：「今日油條做得少，本王還沒吃飽，若是王妃還想吃，讓廚房再去做吧。」說著，把最後一根油條放進嘴裡，咀嚼起來。

祁雲菲頓時鬆了口氣，連忙道：「不必麻煩，我吃得差不多了。」

「嗯。」衛岑瀾輕輕應了聲，繼續吃飯。

此刻，祁雲菲心中卻有了不一樣的感受。

她偷偷打量衛岑瀾幾眼，越看，越跟之前的岑大人重合了。

他似乎……跟傳聞中的不太一樣。他待她，真的很好，好到讓她覺得非常不真實。

許是祁雲菲的目光太過灼熱，衛岑瀾側頭瞥她一眼。

祁雲菲見狀，趕緊低下頭，看向地面。

這麼懼他？衛岑瀾不由失笑，卻沒再說什麼。

總歸他們有一輩子的工夫，慢慢來吧。

飯後，衛岑瀾帶著祁雲菲，乘車進宮。

越來越接近皇宮，祁雲菲也越來越緊張。

衛岑瀾安撫她。「本王會跟皇上說清楚。此事與妳無關，不用擔心。」

祁雲菲咬著唇點頭，心頭輕鬆了些。

見小妻子似乎還很緊張，而約莫還有一刻鐘左右才到皇宮，在人前向來沈默寡言的衛岑瀾，開始沒話找話說。

「來過皇宮嗎？」

祁雲菲抿唇搖頭。「沒有。」前世來過，但今生還沒來過。

「見過皇上嗎？」

祁雲菲再次搖頭。「沒有。」前世今生都沒見過。她身分低，不配。

見小妻子似乎更緊張了，衛岑瀾說：「莫要怕，皇上是很和藹的人。」

祁雲菲終於抬起頭來看衛岑瀾，說出自己最擔憂的事。「靜王那邊……」

衛岑瀾道：「放心，皇上甚明事理，他得知事情的始末後，不會殃及無辜之人。」

看著那雙深邃的眼睛，不知怎的，雖然衛岑瀾的臉色依舊冰冷，祁雲菲卻漸漸放鬆了。

衛岑瀾見狀，便放心了，沒再說什麼，閉眼休息。

很快地，馬車到了皇宮。

進殿面聖之前，衛岑瀾把祁雲菲安排到一旁的暖閣中。「妳先待在這裡，本王跟皇上解釋清楚之後，便來找妳。」

祁雲菲見衛岑瀾要離開了，心頓時提起來，緊張地看著他。

衛岑瀾伸手摸摸祁雲菲的頭髮，溫和地說：「莫怕，跟著公公去暖閣便是，本王等會兒就來。」

許是衛岑瀾的神情頗為自信，讓祁雲菲心頭鬆了幾分，乖巧應下。「嗯。」

安排好小妻子之後，衛岑瀾抬腳進了平德帝的寢殿。

衛岑瀾剛進去，便聽到一個熟悉的聲音。

「父皇，今日一早，兒臣方知，昨日入了府中的姑娘，居然是定國公的嫡長女，是小叔要娶的正妃。一查才發現，她是被庶妹下藥，才入了兒臣的府邸。

「兒臣深知對不起小叔，可兒臣並不知情。說起來，此事都怪那個本該入兒臣府中的庶女，我跟小叔都被她糊弄了。這等毒婦，定要賜她白綾！」

靜王越說越激動，說完之後，聽到後面有動靜，遂看了一眼。

見來人是衛岑瀾，靜王臉上立刻露出擔憂的神色。「小叔，您也被那女子騙了吧？如今她可還在您的府中？等會兒姪兒就派人把她抓回來，定不會讓她好過！」

衛岑瀾沒說話，盯著靜王打量許久，看得靜王心裡一直打鼓。

平德帝則滿臉緊張地問：「岑瀾，靜王說的可是真的？那惡毒的女子如今在你府裡？你的身子可有大礙？」

衛岑瀾轉過頭來，向平德帝行禮。「多謝皇兄關心，臣弟無礙。」

平德帝這才鬆了口氣。

接著，衛岑瀾問靜王。「據本王所知，靜王跟定國公府的嫡長女應是舊識，昨夜竟然沒發現嗎？」

靜王沒料到衛岑瀾會這麼說，愣了一下，抬頭看著平德帝眼神中的探究，手心頓時冒出一層汗。

無數思緒在靜王腦海中翻湧，為何衛岑瀾的反應跟預想中的不一樣？

昨天他去睿王府吃酒，衛岑瀾根本不在府裡，連堂都沒拜。

聽祁雲昕說，這親事是皇后和定國公府求來的，讓衛岑瀾很是不悅。而且，衛岑瀾之前懲罰過她，對她頗為冷淡。

以衛岑瀾對她的討厭，絕對不會去後院。

這倒不是祁雲昕的猜測，而是事實。前世，成親前，她仗著未來睿王妃的名頭，砸了某個侯府的店鋪，還打傷人，被衛岑瀾撞見，衛岑瀾便不喜她，不僅沒拜堂，也沒去洞房。

過了十日左右，她才在睿王府見到他。

知道衛岑瀾沒去拜堂，靜王便對祁雲昕的話深信不疑。

照理說，衛岑瀾應該沒見過祁雲菲才對，可聽衛岑瀾說的話，看他的神情，一點都不像是被蒙在鼓裡的樣子，反倒像是什麼都知道了。

衛岑瀾永遠都是如此，永遠都是風輕雲淡的模樣，彷彿所有事情全掌控在他手中，讓人不管做什麼，都像是一拳打在棉花上。

只能說，這件事，成也祁雲昕，敗也祁雲昕。

若不是祁雲昕使計迷暈祁雲菲，睿王府的人也不會在昨晚就發現不對勁，更不會這麼早就知道王妃換了人。

還有，靜王和祁雲昕都利用了衛岑瀾不近女色的性子。如果衛岑瀾發現正妃被換，也不會對假王妃有什麼好臉色。

可惜，他們算漏了一點，祁雲菲對衛岑瀾有恩。

「說實話！」平德帝不悅地衝著兒子道。

靜王的封號之所以取了「靜」字，並非因為靜王性子安靜，而是代表平德帝對兒子的美好期許。

至於兒子是什麼德行，平德帝心中自然非常清楚。

平德帝為帝多年，雖然政績平平，但也不是昏庸無能。近年來之所以把權力交給自己的弟弟，是因為身體欠佳。

衛岑瀾一句話，平德帝就猜到了大半。

雖然撒了謊，但見自己的父親不問緣由就選擇站在衛岑瀾那邊，靜王還是很難過。他的父皇永遠都是這樣，毫無保留地相信衛岑瀾，從來不相信他，彷彿他根本不是父皇的兒子，衛岑瀾才是！

此刻，靜王心中對衛岑瀾的恨意，又多了幾分。

「昨夜燭光太暗，那女子被人下藥，太過主動，兒臣沒發現是誰。直到今日一早醒來，才曉得是怎麼回事。」

聽到這個解釋，平德帝皺了皺眉。

「父皇，做錯事的分明是那庶女，您跟小叔千萬別被朦騙了。」靜王垂死掙扎。

平德帝冷哼一聲。真是自作聰明！

靜王這一點，著實讓人不喜。一肚子小心思，卻又沒有能力來支撐，每每被發現錯處，便喜歡把事情推到別人身上。照看他的宮女和內侍沒少被他坑，連青王也被他坑過幾回。

從前那些小事也就算了，可今日這件事非同小可。

定國公府的嫡長女是衛岑瀾的正妃，他竟然如此膽大，跟她攪和在一起，當真不孝不義！

縱然祁雲菲有錯，難道他就沒錯了嗎？

平德帝指著靜王，當即就要大罵。

衛岑瀾抬頭看平德帝一眼，見他被氣得不輕，似乎想對靜王發火，連忙開口阻止。

「皇兄，臣弟有話要說。」

平德帝閉上了嘴，望向衛岑瀾。

「岑瀾，你不必為這個小畜生求情。他敢做出此事，朕絕不輕饒！」

衛岑瀾瞥靜王一下，道：「皇兄，此事恐怕不是您想的那般，待臣弟說完，您再發火也不遲。」

平德帝打量衛岑瀾的臉色，察覺似乎另有隱情，又瞪了靜王一眼。

接著，衛岑瀾把昨日查到的事，原原本本講了一遍。

半月前，祁雲昕鬧著不嫁衛岑瀾，被定國公關起來，想跟祁雲菲交換親事又被拒，最後使喚下人，設計祁雲菲，互換了花轎。

聽著衛岑瀾的敘述，靜王心底一片冰涼，他果然都知道了。

昨日，衛岑瀾分明沒有回府，沒去過後院，卻對事情一清二楚，這到底是為什麼？靜王很是難受。

聽聞此事是祁雲昕所為，不是靜王下手，平德帝臉色好看許多，但眉頭卻緊緊蹙了起來。

定國公府的嫡長女怎會做出這種事，會不會跟靜王有什麼關係？不然，祁雲昕為何放著睿王正妃不做，非得成為靜王的侍妾？

想到這裡，平德帝的目光又望向靜王。

衛岑瀾自是明白平德帝的意思，側頭瞥靜王一眼。「此事應與靜王無關。」

靜王對衛岑瀾的恨意日積月累，不管衛岑瀾做什麼，都覺得不安好心。即便衛岑瀾替他求情，仍舊不感激，甚至認為衛岑瀾是想在平德帝面前賣好。這件事本來就不是他做的，還需要衛岑瀾證明嗎？

不過，雖然心中這麼想，他也不敢表現出來。畢竟，平德帝根本不信任他。

「父皇，小叔說得對，此事真的與兒子無關，您要相信兒子啊。」

平德帝冷哼一聲。「跟你無關？那她怎麼不去找別人，而是找你？」

靜王嘴角動了幾下，準備找個藉口。

瞧見他的樣子，平德帝斥責。「你若不說那些話，朕還能相信與你無關。可你一來便欺瞞朕，把事情推到祁雲菲身上，跟祁雲昕合夥騙朕，讓朕如何信你？」

靜王一時語塞，深深地為自己的「先發制人」、「自作聰明」感到後悔，也為信了祁雲昕的話而惱怒。

衛岑瀾聽著平德帝的話，看向靜王的目光有些冰冷。

他知道兩個姪子是什麼性子。他從未想過當皇帝，大齊江山還是要交到他們手中。青王能力不足，性子太過單純，玩心又重。靜王雖然有些陰沈，做事不夠光明磊落，但要比青王強上幾分。

是以，即便他知道靜王私下有些小動作，也默認了。如果靜王真的能把朝臣拉攏過去，他倒是會高看他幾分，也更放心把大齊交給他。

但是，今日之事，著實下作了些。

他的小妻子做錯了什麼呢？被人下藥、偷換了親事不說，還差點被栽贓。身為庶女，她的日子本就艱難，鬧出這樣的事，簡直能要了她的性命。

若他昨晚執意把她送回定國府，恐怕此刻早已被定國公殺掉，替祁雲昕頂下欺君之罪。即便沒被定國公殺了，今日也會遭靜王毒手。

她一個庶女，怎能逃過？

想到這些，衛岑瀾有些後怕，眼神凌厲了幾分。

「靜王，縱使你昨日不知此事，今日也不該不查清楚，便誣陷一位無辜的姑娘。這姑娘本該入你的府中，卻被嫡姊下藥塞到我府裡。她沒了親事，還要承擔這一切，你有沒有想過，她身單力薄，如何承受？」

靜王跪在地上，寬大衣袖下的手緊握成拳，垂著頭，看不清臉上的神色。

「是那嫡女欺瞞我，我什麼都不知道。」

「混帳東西！」平德帝火大了。

這會兒，他已經猜出七、八分，即便此事不是靜王所為，但昨日靜王定然已經知曉祁雲昕的身分，也知道她應是自己的嬸嬸，卻依舊同她行周公之禮，當真是……

平德帝氣得大咳起來。

衛岑瀾嚇一跳，連忙上前察看。

咳嗽許久之後，平德帝才停下來，看著衛岑瀾，蒼老的手抓住他，目光愧疚。

說到底，是自己的弟弟受委屈了。如今，牽扯到靜王和定國公府，定國公府又跟皇后交好，事已至此，該如何彌補？

衛岑瀾看看始終跪在地上、並未抬頭的靜王，道：「皇兄，事情並未如您想的那麼糟。臣弟有話想單獨跟您說。」

平德帝聞言，臉上露出詫異神色，思索片刻，對靜王吼道：「滾到大殿外跪著去！」

靜王不敢說話，默默起身出去了。

# 第十九章

靜王退下後，衛岑瀾道：「皇兄，此事說大很大，說小也很小。」

平德帝蹙眉，頗為不解。

衛岑瀾看著平德帝，說出自己的決定。「既然兩位姑娘都是出自定國公府，不過是換了身分，不如就這樣吧。」

平德帝明白了衛岑瀾的意思，急道：「怎麼能就這麼算了？你要娶的可是定國公的嫡長女，而應該入靜王府的祁雲菲，卻是庶子生的庶女，身分差太多了，做你的側妃都不配，更何況是正妃？既然不是她的錯，今日讓她回家便是。

「至於祁雲昕，朕不會饒恕。此事是靜王不對，朕也不會饒了他。這次委屈你了，改日，朕定會重新替你選個合適的正妃。」

聽到這話，衛岑瀾一撩衣襬，跪在地上。

平德帝驚訝。「岑瀾，你這是何意？」

衛岑瀾沈聲道：「祁雲菲不能離開睿王府了。」

「嗯？」

衛岑瀾喉結微動。「不瞞皇兄，臣弟與她已有肌膚之親，說不定，此刻她腹中已有了臣弟的孩兒。」

平德帝驚訝地瞪大了眼睛，不可置信。

很多年前，他便提過要安排侍妾伺候衛岑瀾，都被推拒了。皇后也曾送過幾個女子給他，但他從未碰過。

有那麼一段時日，平德帝甚至懷疑衛岑瀾是不是有什麼問題，直到太醫證明他身子無礙，衛岑瀾也親口說了，他才放心些。

不過，說實話，平德帝仍舊沒徹底放心，隱隱約約還是有些懷疑，直到此刻聽衛岑瀾說，已跟女子有了肌膚之親。

平德帝心中升起一絲喜悅，甚至忘了此刻他們正在討論什麼事，嘴角露笑。

「好好，那就不讓她回去了。雖然她身分低，但能讓你滿意，做個側妃也使得。」

衛岑瀾抿唇。「皇兄，臣弟暫時沒有納妾的打算。既然皇后娘娘希望看到臣弟跟定國公府聯姻，她也是出自定國公府，當正妃便是。」

此言一出，平德帝臉上立刻沒了笑意。「那怎麼行？她是什麼身分，你又是什麼身分，不妥。」

衛岑瀾早料到平德帝不會輕易答應，開始說服他。「皇兄，若再替臣弟挑選其他公侯之家的姑娘，皇后娘娘未必肯依，倒不如將錯就錯。」

平德帝皺了眉。

衛岑瀾接著道：「您可還記得，當年被派去江舟國的暗探？」

平德帝不知衛岑瀾為何提及此事，點點頭。「記得。去年暗探傳信，消息來得甚是及時，讓咱們提前識破江舟國的陰謀，沒造成太大損失。」

「她舅舅是其中一個暗探。」衛岑瀾道：「如今隱姓埋名潛入江舟國，為大齊效力。」

平德帝的臉色比剛剛好看一些了。

只是，即便祁雲菲的舅舅是暗探，於大齊有功，也沒必要把自己弟弟的終身搭進去。

「可——」

說了一個字之後，看著衛岑瀾的表情，平德帝突然察覺到不對勁的地方了。

當初他想讓衛岑瀾娶祁雲昕，衛岑瀾的臉色可是難看得很，幾番勸說，最後為了他的身子著想，衛岑瀾才不得不答應。

可今日一瞧，衛岑瀾的臉色雖然冷，卻能看出來，心情似乎不錯啊。

不過，衛岑瀾多年不近女色，並非是個會為女色沈迷的人，此事絕非這麼簡單。

平德帝話鋒一轉，問道：「祁雲菲很得你喜歡？」

衛岑瀾怔了下，隨即恢復鎮定。不管他的真實想法是什麼，此刻最好的辦法，就是承認。

「對。」

平德帝沒想到他會承認，眉毛微挑。「你什麼時候認識她的？」

衛岑瀾是他親手帶大的，對衛岑瀾的了解，可比沒親手帶大的兒子還多。一看衛岑瀾的神色，便能猜到幾分。

明白平德帝似乎猜出什麼，衛岑瀾沒再隱瞞，把事情原原本本說出來。「皇兄可還記得，幾年前臣弟在京郊遇刺之事？」

平德帝的臉色頓時變了。「自是記得。她與此事有關？」

衛岑瀾點頭。「那日救了臣弟的小姑娘，就是她。」

平德帝恍然大悟，感慨道：「竟然這麼巧。」

「臣弟也是去年才知曉此事。昨日看到她，也頗為驚訝。」

平德帝細細琢磨了一下。「縱然如此，報恩的方式有很多種，你也沒必要許她一個正妃之位。」

衛岑瀾一本正經地說：「不喜歡的，裝滿整個王府也不滿意；喜歡的，一個足矣。

不管嫡女還是庶女，都是定國公府的姑娘，臣弟不覺得委屈。想必皇后娘娘和定國公府也能滿意這番處置，還望皇兄成全。」

衛岑瀾這是在提醒平德帝賜婚的初衷了，平衡各方勢力，同時表明了自己的心意。

平德帝明白，衛岑瀾是替他著想。不得不說，這般做法，除了衛岑瀾委屈之外，可謂皆大歡喜。

瞧著衛岑瀾神采奕奕的模樣，似乎比娶了嫡女還開心，又想到祁雲菲的身分，許久過後，平德帝長嘆了一聲。

「罷了，既然你喜歡，那就是她吧。過幾日，你提拔一下她父親，給她父親一個爵位，便沒那麼難看了。」

祁雲菲出身定國公府，想必規矩不會太差，如果不懂王府禮儀，派人去教導便是。而且，過了這麼多年，衛岑瀾好不容易答應他娶正妃，再拖下去，不知又要等多少年。

總之，衛岑瀾高興便好。

「多謝皇兄成全。」衛岑瀾跪下謝恩。

平德帝抬手讓他起來，溫和地問：「今日她可跟你一起來了？」

衛岑瀾起身道：「正在暖閣候著。」

「來人，傳睿王妃。」

內侍應聲，領命去了。

祁雲菲正在暖閣裡坐著，聽說平德帝要見她，著實嚇得不輕。

傳旨內侍的話音一落，她便趕緊站起來，撫了撫衣裳上不存在的褶子，跟在內侍身後，去了大殿。

剛到大殿門口，就看到跪在下面的靜王。

靜王聽到動靜，也抬頭看過來。

雙目對視的瞬間，祁雲菲感覺後背冒出一層冷汗，險些倒下去。接著，身子就被人托住了。

祁雲菲回頭，瞧見一張冷峻的臉。

衛岑瀾不悅地看看靜王，拉著祁雲菲入了大殿。

靜王瞪著衛岑瀾和祁雲菲離開的背影，沒想到祁雲菲竟然長得這般美豔，怪不得勾得向來不近女色的衛岑瀾動了心。

不過，想到她的身分，靜王嘴角泛起一絲冷笑。

再美，也不過是個庶女罷了，親爹嗜賭成性，全家都得仰仗定國公府的鼻息過日子，除了能暖床，一點用處都沒有，還是祁雲昕有用些。

想到定國公府的嫡長女寧願做他的妾，也不願嫁給衛岑瀾當正妃，靜王臉上的笑意加深，剛剛衛岑瀾帶給他的憋屈也減少許多。

看吧，身分高貴的嫡女寧願選他，也不選衛岑瀾，可見衛岑瀾沒他出眾啊。

此刻，祁雲菲隨著衛岑瀾步入大殿。

剛剛她還在為見到靜王而緊張，這會兒打量殿內的陳設，想到即將面對的人，以及昨日的事，立刻就把靜王拋諸腦後。

不知平德帝會不會饒恕她，會不會怪她，會不會殺了她……想著想著，祁雲菲手心裡開始冒汗。

很快地，兩人走到平德帝面前。

「皇兄。」衛岑瀾道。

「嗯。」平德帝應了聲，接著看向站在衛岑瀾身側、低垂著頭的小姑娘。

察覺到平德帝的目光，祁雲菲撲通跪下。

「見過皇上。」

聲音聽起來倒還算平靜，片刻後，平德帝才道：「嗯，起來吧。」

祁雲菲戰戰兢兢地站起來，只是頭仍然垂著，不敢看平德帝。

平德帝沒再出聲，祁雲菲也知道平德帝在打量她，緊張得不得了。

就在這時，祁雲菲聽到身側的男人說話了。

「皇兄……」

平德帝見衛岑瀾有些緊張的樣子，瞥他一眼，開口了。「昨日的事，妳當真不知情？」

雖然如今病重，但多年為帝，早讓平德帝身上充滿威嚴，這麼一句簡單的問話，便讓祁雲菲的心再次提起來。

祁雲菲忍住下跪的衝動，鎮定地回答。「臣女不知。」

「那一切都是妳堂姊所為了？」平德帝繼續問：「妳說說看，她為何好好的睿王妃不做，非要去靜王府為妾？」

平德帝的聲音非常溫和，卻帶著上位者的威嚴，祁雲菲感覺整個人如同溺水般，快要窒息，緊緊握住拳頭，才沒讓自己失控。

祁雲昕的用意，她猜到了幾分，但不能完全確定。

而且，重生這種事情，她肯定不能說出來，著實不知該如何答話。

祁雲菲正緊張著，突然看到身旁男人的黑色皂靴，不知為何，身上有了一絲力氣，忍不住抬頭看去。

恰好，衛岑瀾也在看她，給了她一個少安勿躁的眼神。

祁雲菲立時感覺自己好像抓住了一塊浮木，無比安心，面前的平德帝，似乎也沒那麼可怕了。

「皇上，臣女覺得，這應該問我大姊姊。臣女也不明白她為何要做出這種事。」

平德帝看著大方從容的小姑娘，微微點頭，正想再問清楚些，試探昨日之事究竟跟她有沒有關係，卻察覺到衛岑瀾的目光。

見他竟然如此護短，平德帝似笑非笑地覷他一眼。

弟弟的本事，他心中清楚，說是祁雲昕所為，定然就是了。

「罷了，既然睿王已經查清楚，朕也不再多問。」

「多謝皇兄。」

祁雲菲頓時鬆了口氣。然而，心跳還沒有恢復平穩，便察覺到平德帝又看向她，一顆心再次提起。

「不過，有件事，朕倒是挺好奇的。」

衛岑瀾正欲開口，卻被平德帝抬手打斷。

「聽說妳堂姊想跟妳交換親事時，妳拒絕了她？可是不想嫁給睿王？」

平德帝問完，等著看祁雲菲的反應，順便瞥衛岑瀾一眼。

瞧著衛岑瀾臉上的神情，平德帝卻有些疑惑了。

衛岑瀾到底喜不喜歡祁雲菲呢？若是喜歡，這表現似乎過於平靜。可若不喜歡，為何要讓她當正妃？難不成真的只是為了報答救命之恩？

祁雲菲沒想到平德帝會問這個，立時懵了，再也忍不住，撲通跪倒，吶吶地說：「不，不是，臣女……臣女不敢。」

這個問題太重，一下子壓住了祁雲菲。

她不敢跟祁雲昕交換親事，也不敢說不想嫁給衛岑瀾。

電光石火間，祁雲菲脫口而出。「睿王俊美無儔，文武雙全，非臣女能妄想的。」

平德帝似乎對祁雲菲的回答非常感興趣。「哦？可妳不還是嫁給他了嗎？」

祁雲菲不知如何回答，發現身側的男人又有了動靜。

不過，沒等衛岑瀾開口，平德帝率先說話了。「好了，之前的事情，朕也不多問了。既然妳已經嫁給岑瀾，以後就好好伺候他。他全心護著妳，妳也要把心思放在他身上，替他看顧內院，知道嗎？」

不管衛岑瀾到底為何要祁雲菲當正妃，他都相信他的眼光。既然選中了她，那便是她吧。

衛岑瀾的性子，他很清楚，既然娶了，便會好好護著。如果祁雲菲不知感恩，他絕不會饒過她。

祁雲菲感覺自己逃過一劫，趕緊道：「臣女記住了，斷不敢辜負睿王。」她哪敢不重視衛岑瀾，哪敢對不起他。如今她能活著，成為睿王妃，全是因為衛岑瀾的心善，這輩子都會感念他的大恩大德。

「嗯，起來吧。」平德帝道，語氣溫和許多。

接著，平德帝說了幾句祝福的話，便發下賞賜。

雖然發生一些意外，但弟弟娶妃的事，對平德帝非常重要。既然弟弟滿意，他也就接受了。做錯事的人自然要處置，可該賞的還是要賞。

昨日衛岑瀾大婚，聽聞他不在府裡，平德帝挺難過的，曉得衛岑瀾並不喜這門親事，都是為了他，才勉強娶定國公府的嫡女。

今天瞧著衛岑瀾的神色，平德帝才舒心不少。

雖然祁雲菲身分低，卻是衛岑瀾喜歡的姑娘，這也算是一件好事吧。

賞賜過後，平德帝道：「你們去見見皇后吧。」

衛岑瀾應下，帶著祁雲菲告退。

# 第二十章

此時，皇后早已在大殿內，等著見衛岑瀾夫妻。

年少時，平德帝還是皇子，她便嫁給他了，兩人感情不錯。

但幾年過去，隨著平德帝登基，後宮的妃子越來越多，她手中的權力也越來越大，夫妻感情大不如前，有的只是相敬如賓，只是客氣。

如今，平德帝病重，卻沒有立兩位皇子的意思，皇后頓時心急了。

她待衛岑瀾並不好。

衛岑瀾的年紀跟她早么的兒子差不多，平德帝對弟弟比對兒子更好，有什麼好東西都緊著衛岑瀾，還親手教養他。

皇后自是不滿，在衛岑瀾幼時沒少欺負他。

兒子去世後，皇后更是恨上了衛岑瀾，每每看到活蹦亂跳的他，都覺得刺眼，想起早逝的兒子。

自此，皇后對衛岑瀾更是糟糕，不是往他身邊安插人，企圖帶壞他，就是讓人去抓他的錯處，再狠狠懲罰。

但平德帝不相信皇后所言，只相信衛岑瀾。皇后每欺負他一次，平德帝便待他更好一分。

直到衛岑瀾去了軍中，皇后才消停。

幾年後，衛岑瀾回京，皇后突然發現，衛岑瀾不是她能掌控得了的人了，不由心慌，怕他對付她，索性先下手為強，但每次都被衛岑瀾躲過。

皇后漸漸明白，衛岑瀾不是她能招惹的人了，後悔之前的所作所為，開始善待他。

不過，她覺得做這些還不夠。

平德帝病後，她花了幾年工夫說服他，替衛岑瀾安排一門合她心意的親事。

其實，在皇后看來，安排娘家的姑娘嫁給衛岑瀾，才是最上乘的做法。

可惜，平德帝不答應，她只能退而求其次，選了幾個跟娘家交好的府邸。

平德帝便退一步，答應了。

昨日，她也聽聞衛岑瀾對睿王妃的態度，連堂都沒拜。

沒關係，就算沒拜堂，仍是皇帝賜婚，依著衛岑瀾的性子，做不出悔婚或休妻的事，以後登基，也不會廢后。

聽宮女說衛岑瀾夫妻到了，皇后趕緊坐正身子。看吧，即便昨天再不願意，今日還不是得來宮裡謝恩。

很快地，衛岑瀾和祁雲菲來到殿中，對皇后行禮。

「見過皇后娘娘。」

「免禮。」

皇后說完，笑著望向面前的新人，但看清楚衛岑瀾身側站著的人時，頓時愣住，皺了皺眉，厲聲質問。

「妳是誰?!」

祁雲菲被皇后的聲音嚇一跳，正欲答話，一旁的衛岑瀾率先開口了。

「這位是定國公府的四姑娘，也是本王的王妃。」

皇后露出詫異的神色。「四姑娘？不是大姑娘嗎？」

她不可能記錯人。而且，定國公府什麼時候多出一個四姑娘來，她怎麼一點印象都沒有？

衛岑瀾聞言，臉色微冷。「那位姑娘已經入了靜王府。至於為何，想必皇后娘娘很快便能知曉。臣弟就不叨擾了。」

說完，衛岑瀾便領著祁雲菲，告退出去。

正如皇后不喜衛岑瀾一樣，衛岑瀾對這個從幼時就想加害他的皇后，也沒什麼好印象。而祁雲昕又是皇后和定國公府一起塞給他的。

想到這些，衛岑瀾的臉色就很難看。

皇后滿臉疑惑，腦子裡亂亂的，等衛岑瀾夫婦一離開，立刻派人去打聽，卻沒得到什麼有用消息，遂讓人傳口信給定國公府，問問到底怎麼回事。

此刻，定國公府的人還不知昨晚發生了什麼事。

跟在祁雲昕身邊的丫鬟，只有香竹而已，可祁雲昕還沒醒，所以她並不知自家姑娘已經被換了，也沒辦法傳信。

而祁雲菲身邊的那些僕人，全被衛岑瀾抓住，此刻還沒來得及處理。

抱琴已經清醒，但被祁雲昕留下的僕人關起來。祁雲昕沒交代下一步，所以沒人搭理她。

為了祁雲昕的親事，定國公府忙碌多日，眾人都累了，今日早膳便用得晚了些，這會兒才剛剛吃完。

不過，雖然累，每個人臉上都洋溢著幸福的微笑。

他們府裡的大姑娘嫁到睿王府去了，以後就能成為皇后。他們是服侍過皇后娘娘的人，以後身分自會提高一截。

定國公還作著成為國丈的美夢，然而，卻被來傳話的內侍打碎了。

「你說什麼？睿王妃變成四姑娘？大姑娘去了靜王府？」定國公不可置信。

內侍滿臉不悅。「是啊，皇后娘娘讓奴才來問問國公爺，這到底怎麼回事？」

定國公臉色變得鐵青。

這事雖然是祁雲菲得到好處，可他還記得祁雲昕之前幹過的事。他有八、九成把握，此事定是自己女兒所為。

這個混帳東西，是要讓全家替她陪葬啊！

沈思片刻後，定國公強忍住怒氣，客氣地對內侍道：「我也不清楚，不過，我定會查個明白，給皇后娘娘一個交代。」說完，便出去了。

一出書房後，定國公直奔祁雲昕的院子。

他命人封了整座院子，又把伺候的人聚集起來審問，再看跪在地上的抱琴，整件事情的來龍去脈便清楚了。

羅氏聽到動靜，也趕緊過來，見到院子裡的人，連忙問道：「發生了什麼事？」

定國公滿臉怒氣，看向羅氏的眼神頗為冰冷，咬著牙道：「夫人，妳可真是會掌家！妳知不知道，昨日昕兒和老三家的丫頭換過來了！」

羅氏瞪大了眼睛，不可置信。「換……換過來？您這是什麼意思？」

定國公黑著臉。「妳養的好女兒！這個蠢貨違抗聖旨，私自入了靜王府！」

他不知該說什麼才好了。本以為關了女兒一段時日，她已清醒過來，沒想到全是假象，只是為了迷惑他們。

她的膽子竟然這麼大，敢拒絕睿王，轉投靜王的懷抱。要是也當正妃便罷了，可非但不是，她連個側妃都沒撈著，只是小小的侍妾。

昨晚，睿王和靜王肯定就知道真相了，靜王狡詐虛偽，如果女兒投懷送抱，他定不會拒絕，甚至還會暗喜。

他擔心的是衛岑瀾那邊。

縱然衛岑瀾是被逼迫才娶了祁雲昕，可這並不代表衛岑瀾能接受她如此落他的面子。若是追究起來，皇后根本就護不住她，整個定國公府都要跟著倒楣。

定國公越想，對女兒的恨意便多上幾分，她就是仗著背後有定國公府，才如此無法無天。

這個愚蠢的東西，不知自己犯下了多麼嚴重的錯。現在定國公府自身難保，哪裡保得了她！

羅氏著急地問：「咱們女兒可怎麼辦？」

「還管那個畜生做什麼？國公府都要大難臨頭了！」定國公大吼。「妳當違抗聖旨是那麼容易能解決的事？」

一聽這話，羅氏的臉色變得煞白。

定國公嘆氣，他得進宮請罪了。

跪在院子裡的下人們也全明白了，他們伺候的主子違抗聖意入靜王府，得罪睿王，還犯下欺君之罪。不僅主子要倒楣，定國公府或許會跟著遭殃。若真如此，他們這些伺候的下人，也沒有什麼好下場。

定國公和羅氏的驚慌嚇到了跪在地上的人，一時害怕不已，怕著怕著，有人靈光乍現，說道：「國公爺，夫人，之前大姑娘說過，要把這件事推到四姑娘身上，就說是抱琴和四姑娘合謀做下的。」

定國公正要訓斥說話的人，但看著跪在地上喊冤求饒的抱琴，突然頓住。

這法子雖然漏洞百出，極容易被識破，不過得到好處的確是祁雲菲無疑。推到她身上，也不是不可以。

他知道祁雲昕不想嫁給衛岑瀾，所以猜到是她所為。但不知內情的人，未必相信祁雲昕會幹出這樣的蠢事。

羅氏沈思片刻，在一旁道：「爺，這事在外人看來，明擺著就是咱們昕兒吃虧，四丫頭占了便宜。睿王肯定也知曉此事，依著他的性子，四丫頭不會有什麼好下場，不如把事情推到她頭上。」

夫妻倆湊在一起，商量一會兒，統一了口風，又命下人們嚴守秘密。下人們知道其中的利害關係，趕緊答應下來。

定國公和羅氏安排好，便連忙出門，想在進宮前，趕去睿王府賠罪。

得知衛岑瀾和祁雲菲已經進宮，定國公暗驚，連忙吩咐車伕掉轉馬頭，去靜王府。聽說靜王也去了宮裡，更是驚訝不已。

離開靜王府之前，羅氏去找祁雲昕。

祁雲昕看到羅氏，很是興奮。

羅氏壓制住怒氣，要她把整件事完完整整說了一遍。

聽完之後，見女兒笑得開心的模樣，羅氏深深嘆氣。

祁雲昕見狀，道：「母親，您無須擔心，王爺已經去宮裡了，事情都推到四妹妹身上就好，咱們不會有事的。女兒才是吃虧的人呢。」

羅氏卻是笑不出來。「妳知不知道，睿王和妳四妹妹也進宮了。」

祁雲昕一怔，不可置信地問：「他們一起去了？」

「對。」羅氏語氣沈重。

祁雲昕皺了皺眉。這不可能啊，前世衛岑瀾可是整整十天都沒見她，怎麼會跟祁雲菲一起去宮裡？

既如此，衛岑瀾肯定知道她們換過來了，為什麼沒有來靜王府找她，也沒有去定國公府興師問罪？

按照衛岑瀾的性子，發現被欺騙，絕不會善罷甘休，這時候去宮裡做什麼呢？這也是定國公和羅氏沒想明白的，但更怕衛岑瀾沒找他們，直接向平德帝告狀。到時候，聖旨一下，更麻煩。

事已至此，最重要的是趕緊進宮，配合靜王把戲演完。

「可能是覺得被騙了，非常生氣，所以把四妹妹帶到宮裡處置？」祁雲昕根據衛岑瀾冰冷的性子猜測。

聽著女兒的說詞，羅氏覺得不是不可能，點了點頭。「嗯。妳好好待在這裡吧，我跟妳父親去宮裡看看，到底是怎麼回事。」

羅氏說完，不再耽擱，出去找定國公了。

一會兒後，馬車趕至宮門前，定國公夫婦下車，一個去找皇后，一個求見皇上。

因皇后已先派內侍去定國公府，回稟之後，就讓羅氏進殿了。

此刻，皇后已經打聽到一些消息，大為吃驚，且心中隱約有種感覺，這消息似乎是平德帝故意透漏給她的。

定國公府的嫡長女，竟然寧願做靜王的侍妾，也不願當睿王的正妃？

真不知這個蠢貨腦子裡塞的都是什麼東西，怎麼會做出如此糊塗之事？多少人想求的親事，她居然不想要？早知道就不抬舉她了。

皇后氣得在心裡罵了祁雲昕幾句，罵過之後，又覺得甚是怪異。如果祁雲昕不願意，當初為何還要答應呢？接旨後，她不是很開心嗎？

這般想著，皇后問了身邊的嬤嬤幾句。

嬤嬤搖搖頭。「老奴也不知大姑娘到底怎麼想的。」

「裡面會不會另有隱情？」皇后腦海中浮現剛剛瞧見的嬌豔容顏。

嬤嬤是皇后的心腹，一眼看出她所想，試探地問：「您是說，是那庶女算計的？」

皇后正想點頭，又突然搖頭。

不對，衛岑瀾並非糊塗之人，不會被一個庶女設計。況且，她未見過祁雲菲，可見在定國公府中沒什麼地位。

連她都無法成功算計衛岑瀾，一個沒地位的庶女怎會比她更厲害？

退一步講，若祁雲菲真的得手，以衛岑瀾的性子，肯定不會饒了她。可看剛剛的樣子，衛岑瀾不僅沒有一絲被設計的樣子，似乎還挺喜歡祁雲菲的。

難道是被美色迷住了？不可能，衛岑瀾清心寡慾，向來不為美色所動，從小到大，她不知道往他身邊塞了多少美女，哪次見他看在眼裡。

「以睿王的權勢和心計，妳覺得他能中一個庶女的計嗎？」

嬤嬤緩緩搖頭。「確實不太可能。」

「是啊，不可能。」皇后慢慢說道。

事情真是奇怪。一則，祁雲昕的做法奇怪；二則，衛岑瀾對祁雲菲的態度奇怪。

不過，她可沒工夫想這些，此事究竟該怎麼辦？祁雲昕此舉是欺君之罪，整個定國公府跟她都要受牽連。

「這個蠢貨！害了自己不說，還要連累本宮。本宮好不容易向皇上求來的親事，全被她毀了，失了這麼一個好機會。」皇后忍不住又罵起來。「這下，本宮怎麼跟皇上交代才好？」

就在這時，內侍進來傳話，說羅氏求見。

皇后氣得不想見，想了想，還是讓羅氏進來。

她得好好問問羅氏，為何要如此害她！

孰料，皇后還沒來得及訓斥羅氏，羅氏一進來，便哭鼻子抹眼淚，說個不休。

「皇后娘娘，您可得為我們昕兒做主啊……這次她被四丫頭害慘了，失身給靜王不說，也不可能入睿王府了。若是皇上怪罪下來，您可要幫幫我們國公府。我們國公爺說，今日就把三房趕出去。」

因為已經打聽到真相，所以羅氏這番話不僅沒讓皇后同情她，反倒生出別的想法。定國公府這是想要藉著她的手來跟衛岑瀾作對？難道定國公府已經投靠了靜王？她看起來就那麼蠢？

「國公夫人，這件事情當真是那庶女所為嗎？妳可有欺瞞本宮？」皇后冷著臉問道。

羅氏正哭哭啼啼，一聽這話，頓時止住了哭聲，看向坐在上位的皇后。「您……您這是何意？」

皇后瞇了瞇眼。「國公夫人，妳當真以為本宮久居深宮，不知外面的事情嗎？」瞧著皇后的神情，羅氏心裡暗驚。

「還不跟本宮說實話！」皇后氣得使勁拍桌，桌上的茶杯嘩啦啦滾到地上。

羅氏臉色變得煞白，心裡一慌，撲通跪倒在地……

# 第二十一章

宮門外，定國公正等著傳召。本以為會很久，沒想到，不到兩刻鐘，平德帝就宣他進去。

定國公進殿，跪在靜王身側。這一刻，已經沒那麼自信了。

衛岑瀾和靜王都在宮裡，不知情形如何，這件事究竟能不能全推到祁雲菲身上？若是不能，一個抗旨不遵的罪，會讓他有什麼下場？

「定國公急著見朕，是有事要說？」平德帝緩緩開口。

定國公一身冷汗，手心已經濕了。原本準備好的說詞，到了嘴邊，突然說不下去。

他不像羅氏，在官場熬了多年，經歷的事情多，看人臉色的功夫，也學了不少。

從他得知衛岑瀾和祁雲菲一起進宮開始，便覺得事情不太對勁。

現在，他只見到跪在地上的靜王，卻沒有見到衛岑瀾，更覺事情詭異。

最最讓他疑惑的，是平德帝的態度。

他幾乎可以肯定，平德帝定然已知曉兩個姑娘調換的事，只是不知到底知道多少。

倘若知道整件事是祁雲昕所為，平德帝應該怒斥他才是，可是沒有，而且非常平靜。就算知道一半，認為是祁雲菲所為，平德帝也該訓他一頓，但也沒有。

定國公想著，看向跪在一旁的靜王……

「嗯？」見定國公面露猶疑，平德帝看他的眼神，頗為耐人尋味。

定國公心裡一緊，做出決定。

「臣有罪。」不管是哪個姑娘，總之她們都出身定國公府，他有錯。

「哦？錯在何處？」平德帝的聲音無波無瀾。

「錯在……教女無方。」定國公說道。

「嗯？」平德帝似乎頗為感興趣。

定國公背後的汗浸濕了裡衣，猶豫片刻，閉上眼，咬牙賭了一把。

「半個多月前，女兒在夢中醒來，突然說不想嫁給睿王殿下了。臣覺得此事頗為荒唐，以為她被外面的人蠱惑，便把她關在府中，命她反省。

「最近幾日，見她心情平復，臣以為她想通了，便放她出來。沒想到，她膽子竟然如此之大，今早皇后娘娘派人來府中問話，臣才得知，昨日她居然跟堂妹交換親事。」

方才女兒說，靜王是來宮裡先發制人，要把事情推到祁雲菲身上。可如今，衛岑瀾和祁雲菲不在宮裡，靜王卻被責罰，且平德帝的態度非常詭異。

於是，他決定說出實話。他的確不知情，全是女兒所為。最壞的結果，便是違抗聖旨的女兒被處死，卻能保住定國公府。

「臣教女無方，居然養出這個東西。臣愧對皇上，愧對睿王。」定國公痛哭起來。「等會兒臣就把女兒領回去，讓她以死謝罪。」

說完這些話，定國公感覺平德帝打量他的目光，似乎柔和不少，明白自己賭對了。片刻後，平德帝和緩地說：「倒也不必如此。祁雲昕心繫靜王，又與靜王有了肌膚之親，便留在靜王府吧。」

此話一出，跪在地上的兩人都鬆了口氣。

定國公暗暗高興。縱使他想把事情全推到祁雲昕身上，想用她的死來換取定國公府的活路，不過畢竟是親生女兒，又養了那麼大，還是心疼的。

現在，他揣摩到平德帝的心思，連違抗聖旨的祁雲昕都被饒恕，那便意味著，定國公府安全了，他也安全了。

靜王則盤算著，祁雲昕是一顆極有用的棋子，不想這麼快就失去她。

不過，他也著實被定國公剛剛那番話噁心到了。為了討好衛岑瀾，在父皇面前跟他撇清干係，居然把責任全推給自己的女兒，著實讓人不齒。

如今，他還需要定國公，所以沒有洩漏內心真實的思緒。待日後登上帝位，定要他好看。

緊接著，平德帝緩緩地說：「不過，既然祁雲昕不願為妃，不管日後是否為靜王生兒育女，她都是妾，永遠不得封妃。」又道：「定國公教女不嚴，罰俸一年。」

定國公聽後，徹底放了心。「多謝皇上。」謝完恩，一身輕鬆地出去了。跟祁雲昕犯的錯相比，這些處罰真的是太輕了。

定國公邊走邊想，雖然平德帝向來寬厚，但這次似乎太過寬厚了吧？這事可是明晃晃打了衛岑瀾的臉，而平德帝向來看重衛岑瀾，怎會這般輕輕揭過？難道裡面有他不知道的事情，還是為著皇后的面子才作罷？他實在想不透。

至於祁雲菲，他連她長什麼樣子都記不清了，於他無關緊要，是死是活都不在意。如果這次的事是祁雲菲告密，他絕不會饒了她。等她從睿王府回來，定要狠狠懲罰，好叫她知道什麼是家族利益。

定國公出去後，平德帝看著跪在地上的靜王，臉色又難看起來。

「定國公都知道認錯，你卻把自己犯的錯推到旁人身上，還不顧祁雲昕的身分收了她，當真是不孝不義。你去京郊掃皇陵吧，好好反省反省。」

靜王震驚地看向平德帝。這全是祁雲昕所為，定國公府沒事，為什麼他要被罰得這麼重？他明明什麼錯都沒犯，是祁雲昕主動爬他的床，他頂多是沒拒絕罷了。

瞧見他的神情，平德帝越發失望，忍著氣解釋了一番。

「你還不知自己錯在哪裡嗎？事情雖是祁雲昕引出來的，但她是因為愛慕你。可你呢？在收了她時，心中想的又是什麼？是她出身定國公府，抑或她本該是你的嬸嬸？不管是哪一種，都是大逆不道！」

靜王抿唇，臉色極為難看。

「來人，送靜王去皇陵！」

侍衛進來，平德帝又道：「也把祁雲昕送去。她不是愛慕你嗎，就讓她陪你吧。」

等靜王被押出去後，平德帝癱坐在椅子上，重重嘆了口氣。

他生了兩個兒子，但沒有一個能擔大任。

小兒子沒能力，又喜好玩樂，大齊在他手中，不消幾年就要敗光。靜王雖有些本事，卻總是不用在正道上，讓他登基，苦的就是百姓，久而久之，衛氏的王朝定被推翻。

若是把大齊交到這樣的人手中，他如何能對得起列祖列宗，對得起百姓？

想著想著，平德帝累極睡去。

內侍聽到平穩的呼吸聲，連忙輕輕把平德帝扶到床上，讓他歇息了。

定國公出去之後，羅氏已經在宮門口等著了。

一見到她，定國公立刻低聲問：「妳怎麼跟皇后娘娘說的？」

羅氏急得不得了。「就按照咱們商議好的，還有……」

「蠢……」定國公要罵人，想到這裡是宮門口，趕緊住嘴。

可羅氏顯然有話要說，定國公對她使眼色，兩人一起上車。

等馬車駛遠了，定國公才不悅地道：「妳沒看出宮裡氣氛不對嗎？居然不知改口！」

羅氏嘆氣。「改了。」

定國公覺得自家夫人不太對勁。「究竟是怎麼回事？說清楚。」

羅氏連忙說起剛才發生的事。「……妾身沒說幾句就被皇后娘娘提醒了，沒辦法，只得說了實話。」

羅氏一邊說、一邊打量定國公，見他神色如常，便繼續道：「妾身說完才發現，皇后娘娘早知情了，還說睿王和睿王妃剛剛從宮裡離開，勸咱們別把事情推到……」

定國公聽見「睿王妃」三個字，頓時愣住。「妳說什麼？睿王妃？」

羅氏詫異。「您還不知道嗎？」

定國公感覺今早的思路實在不太順，總覺得遺忘了什麼重要的事。睿王妃這個稱呼，讓他忽然反應過來了。

「是誰？」

羅氏嘆氣，神情難看，不情願地說：「是四丫頭。」

「四丫頭……」定國公喃喃說道。

如果祁雲菲成了睿王妃，有些疑惑似乎就解釋得通了。

怪不得平德帝這麼輕易就饒了他們，也饒了祁雲昕，原來睿王妃依舊是定國公府裡的人。

整件事情看來，就是祁雲昕和祁雲菲換了位置。

這對定國公府而言，並無太大的損失。祈三爺是庶出，又沒什麼本事，隨便養著便是。祁雲菲能夠依靠的人，還不是他這個大伯。

想清楚後，定國公的臉色終於由陰轉晴了。

羅氏可笑不出來，繼續抱怨。「……皇后娘娘說，如今四丫頭已經是睿王妃，咱們不能再將這些事推到她頭上，若是外人問起來，就實話實說，把事情推給昕兒。從前皇后娘娘分明那麼疼昕兒，如今怎麼能這樣對她呢？」越說越憤怒。

然而，定國公卻道：「皇后娘娘說得對，這事本就是昕兒做的，自然要歸到她身上。」

羅氏微微一愣。「您說的是什麼話？四丫頭從靜王侍妾搖身一變成了睿王妃，分明是搶了昕兒的位置。昕兒已經夠悽慘，咱們怎能再把錯推到她身上？這對她來說太不公平了。」

「住口！」定國公陰著臉訓斥她。「妳當我願意這樣？要不是那個蠢貨耍心計，怎會落得如此難堪的局面？這一切都是她自己造成的！皇上沒殺了她，沒處置定國公府，已經夠給咱們情面，妳怎麼也跟著她犯蠢？我看，昕兒被養成這種性子，跟妳脫不了關係！」

聽著定國公的指責，羅氏臉色變得煞白。

「國公爺，昕兒可是您的親生女兒……」

「哼！她可有把我當成她的親生父親？若是有，怎會做出這種事？而且，妳看她有不情願嗎？我看她開心得很。如此蠢笨，咱們國公府也沒必要再為她做什麼了。」

羅氏聽到定國公不想管女兒了，想到女兒的處境，眼淚流了出來。

定國公見妻子沒轉過彎來，又教訓了幾句。

聽定國公一說，羅氏慢慢反應過來。方才皇后告訴她，祁雲菲成了睿王妃，再聯想祁雲昕的處境，便有些憤怒，現在冷靜多了。

是啊，一切都是女兒自願的，定國公府沒被牽連，已是萬幸。

「是妾身想岔了。」

可身為母親，她如何能接受？

只是，瞧著定國公的表情，羅氏不敢再多言，問起別的。「皇上那邊怎麼說？」

「罰俸一年，昕兒永不為妃。」

羅氏先是一喜，接著心頭再次沈重。她本想著，以定國公府的地位，日後祁雲昕肯定能成個側妃，如今卻是不可能了。

# 第二十二章

祁雲昕正心情愉悅地在靜王府等消息，結果，好消息沒等來，卻等來一道聖旨。她還沒反應過來，就被送上去皇陵的馬車，正要發火，卻看到坐在車裡的靜王。

瞪著這一切的罪魁禍首，靜王臉色有些陰沈。

祁雲昕也沒想到，她的計謀竟沒成功，祁雲菲居然逃過一劫。

為什麼衛岑瀾會護著祁雲菲，為什麼不乘機毀了這門親事？衛岑瀾分明不想娶她，對定國公府亦無好印象。祁雲菲除了長得漂亮些，也沒有特別之處。

衛岑瀾鐵石心腸，又不近女色，前世對她的勾引完全不動心，說不定根本不喜歡女人呢。

這一切，到底是哪裡出錯了？

不過，想到靜王在幾年後會成為皇帝，祁雲昕的心情好了不少。別看衛岑瀾如今得意，往後有他的苦日子過，有他的罪受。

祁雲昕望著靜王，道：「王爺，都是妾身害了您。」

聽到這話，靜王心裡舒坦了些。

「您放心，您因為妾身受了苦，妾身的父兄定會感激您。」

想到定國公府的勢力，靜王心裡更舒坦了。說到底，錯在平德帝的心是偏的，只向著衛岑瀾，根本不把他放在眼裡。

「嗯，雖然父皇說，妳永遠不能成為本王的妃子，但本王日後會好好待妳。」

祁雲昕正想說什麼，一聽這話，頓時懵了。

不能為妃?!那靜王登基後，她就沒辦法當皇貴妃了，這番努力又是為了什麼?!

靜王見祁雲昕面色有異，試探地問：「怎麼，不能成為本王的妃子，妳後悔了？」

祁雲昕正思索著剛剛聽到的事，一時沒回神，待聽到靜王的問話，才勉強靜下心。

不管怎麼說，靜王可是下一任皇帝，就算她不能成為皇貴妃，也不能讓他不高興。

祁雲昕笑著回答。「怎麼會？妾身要真是愛慕虛榮的女子，為何不直接聽從家中安排，嫁給睿王當正妃呢？」

一聽這話，靜王的怒氣立時消散了。

祁雲昕定是非常愛慕他，不然不會做出這般舉動。雖然此事惹了父皇不快，不過能納了定國公府的嫡長女，給衛岑瀾難堪，亦是痛快。

於是，靜王一把摟住祁雲昕，摸摸她的臉，笑著說：「本王自是知妳心意。放心，即便不能為妃，本王也會好好疼妳。」

想起昨晚的事，祁雲昕露出嬌羞神色。「有王爺這句話，就夠了。」

「不過，妳那庶妹成為睿王妃了，妳心中可會後悔？」

祁雲昕挑眉，有些詫異。她知道祁雲菲逃過一劫，卻不知祁雲菲頂替了她的位置。

不過，也僅僅是詫異一下罷了。

不知平德帝是看在定國公府的面子上，還是看在皇后的面子上，才決定如此。總歸，絕不會是衛岑瀾那個死冰塊決定的。

想到向來高高在上、不把任何女子放在眼裡的衛岑瀾被迫娶了個庶女當正妃，祁雲昕感覺心裡一陣舒爽。

「怎麼會？睿王哪裡比得上您，他沒有您英俊，更沒有您體貼。」祁雲昕誠心誠意地說。

前世，祁雲菲入了靜王府，最後可是成為皇貴妃。而她嫁給衛岑瀾，卻只能偏居在極南荒涼之地。

如今她們身分互換，祁雲菲會失去皇貴妃的位置，成為一個不受寵，且要在荒涼之地久居之人。

她將成為新皇后宮中的一員，有定國公府當後盾，還怕爬不上去嗎？再說了，不能為妃，可沒說不能為后啊！

她有了前世的記憶，後悔的人應當是祁雲菲才對。

另一邊，從皇后的寢殿出來後，衛岑瀾和祁雲菲就出宮，回了睿王府。

府裡，看著一大群跪在地上請安的僕人，祁雲菲感覺這一切是那麼的不真實，似乎又回到前世成為皇貴妃的時候。

不過，還是不一樣的。

祁雲菲瞥向坐在一旁的男人，側臉冷峻，抿了抿唇。

恰好，衛岑瀾也看過來，瞧見小妻子眼神中的惶恐，對她點了點頭。

雖然衛岑瀾沒有笑，臉色還是跟平時一樣冷，可祁雲菲卻覺得心裡一下子暖了起來，身處偌大的睿王府，也沒那麼孤單了，遂轉頭去看跪在地上的人。

「都起來吧。」

「多謝王妃。」

待眾人起來後，衛岑瀾冷聲道：「以後好好服侍王妃，不可有絲毫怠慢。」

冰冷的聲音一出，眾人再次想下跪，衛岑瀾補了一句。「不必跪了，記住就好。」

「是。」

剛說完，便聽人來報，說定國公過來了。

祁雲菲皺眉，眼神中流露出不安。

雖然平德帝已經承認了她的身分，衛岑瀾亦然，可聽到定國公三個字，她還是有些緊張。

這兩日的事情太過混亂，也不知事情最終的結果會是什麼。

她變成睿王妃，那祁雲昕呢？還有，被定國公夫人關住的柔姨娘，會不會因此被他們欺負？

衛岑瀾正欲起身，發現小妻子的異樣，輕輕拍她的手，低聲道：「別怕，安心。」

看著衛岑瀾的眼神，祁雲菲點頭，眉尖卻依然蹙著。

衛岑瀾琢磨了一下，道：「如今妳是本王的王妃，定國公見到妳，也要行禮的。」

祁雲菲聞言，緊皺的眉頭漸漸鬆開了。

衛岑瀾又對她點點頭，看了王管事一眼，起身離開。

衛岑瀾出去了，看著滿屋子裡垂頭站在原地的僕人，祁雲菲緊張起來。

前世，成為皇貴妃之後，她也見過不少大場面，但衛岑瀾一走，香竹不在身邊，她又不熟悉睿王府，感覺整個府裡似乎只剩她一個人，其他的都是陌生人。

她正緊張得不知說些什麼好，四個小廝抬著一箱東西進來，目光立刻被吸引過去。

王管事揚聲道：「王妃有賞，每人二錢銀子。」

祁雲菲震驚，這王管事顯然是睿王府的大管事了，但她似乎沒做過這樣的安排。

「這是……」祁雲菲疑惑地問。

王管事連忙上前，恭敬地對祁雲菲行禮，低聲道：「這些都是王爺的安排。」

一聽這話，祁雲菲默默閉嘴，看著排隊領賞銀的僕人。

正妻進門後，多半會賞賜夫家下人。可她前世不過是個妾，從未做過這樣的舉動。

昨日的事太過突然，今日又發生太多事，她根本沒回過神來，也沒想過會成為正妃，更別提要給下人賞銀。

她沒想到的，衛岑瀾卻替她想到了。

她不知自己何德何能，能被他如此看重。

他待她，實在太好了。他的大恩大德，她該如何回報？

祁雲菲咬了咬唇，眼眶微紅。

一會兒後，領完賞銀，僕人便退下了。

祁雲菲仍坐在廳裡，約莫半個時辰左右，衛岑瀾才回來。

聽見外面請安的聲音，祁雲菲立刻站起身，去門口迎接。

衛岑瀾見她還在，微微蹙眉。「怎麼沒去休息？」
祁雲菲緊緊看著他，沒有說話。
「妳在等本王？」衛岑瀾猜測。
祁雲菲點點頭。
瞧她眼眶微紅，臉上流露出緊張神色，衛岑瀾琢磨一下，便明白過來了，想必是在擔心定國公府那邊吧？
「走吧，進去說。」
進了屋，衛岑瀾屏退伺候的人，跟祁雲菲說起後面的事。
剛剛，他的確見了定國公，不過談不到一刻鐘，就讓定國公回去了。又派人去調查，他們從宮裡回來之後，到底發生什麼事
「……定國公罰俸一年，祁雲昕永不為妃，與靜王一起去掃皇陵一月。」
聽到最後的結果，祁雲菲有種不真實的感覺。「這件事就這麼定下來了？」
衛岑瀾一直站在祁雲菲這邊，聽她這麼問，以為她對處置結果不滿，思索了下，道：「對妳堂姊的懲罰，確實太輕了些。」
永不為妃？掃皇陵一月？像祁雲昕那種仗勢欺人、光天化日之下縱容奴僕去砸鋪子、打傷他人，又設計庶妹、企圖害死庶妹的惡毒女人，這種處罰真的太輕了，當重懲

才是。

衛岑瀾端起桌上的茶喝了一口。「不過，以後不是沒機會再罰。如今皇上已經開口，不好再明著處罰。」

這種心思歹毒的女子，能安靜下來才怪。想教訓她，有的是機會，有的是辦法。

祁雲菲詫異地看衛岑瀾一下。前世，祁雲昕跟衛岑瀾可是夫婦，而且祁雲昕提起衛岑瀾時，都沒什麼好話。

原來，衛岑瀾也不喜歡祁雲昕嗎？

衛岑瀾待她這般好，待祁雲昕卻是截然不同的冷淡，讓祁雲菲心裡生出說不清、道不明的感覺。

從小到大，祁雲昕一直是定國公府最出眾的姑娘，所有人的目光都放在她身上。她在祁雲昕面前，就像是個丫鬟一樣，被祁雲昕使喚。

即便是真心待她好的柔姨娘和香竹，在她得罪祁雲昕時，也只會要她道歉，從來不會如此待她。

第一次有人這麼有力地站在她這邊，她心裡感動得無以復加。

不過，她倒不是覺得平德帝罰太輕，只是——

「不……不必了。」

「嗯？」衛岑瀾抬眼看去。

祁雲菲抿了抿唇。「臣女只是覺得，這一切有些不真實。大姊姊向來高高在上，如今卻落得這般田地；我身分低微，卻成為您的正妃。」

其實，她想要的，只是好好活著罷了。至於當誰的皇貴妃，當誰的正妃，她並不是特別在意。

即便做了皇貴妃，也不意味著事事順遂。

困在定國公府和靜王府多年，她只想要自由，只想安心自在地跟柔姨娘一起活著。如今，她待在睿王府，不必再日日擔心靜王殺掉她，甚至有些感激祁雲昕了。

衛岑瀾沒說話。

小妻子與他初見她時一樣善良，即便祁雲昕搶了她的鋪子，還設計陷害，卻依然保持一顆寬容的心。

祁雲昕從沒顧忌姊妹情分，只考慮自己。此事看似小妻子占盡了便宜，實則她才是被害得最慘之人。

若非遇到他，若非他們之間早有牽扯，要是換個人，今日她不死，也要名聲盡毀了。

在大齊，名聲對一個姑娘而言，比性命更重要。

善良是好事，只是不能太過，不能分不清是非對錯。

想到這裡，衛岑瀾擰了擰眉。

新婚第一日，有些話或許並不適合今天說。但瞧著小妻子臉上的慶幸，又已經成為一家人，他還是說一說吧。

「一件事的是非對錯，不能僅看結果，還要看施害的人做了什麼，又為何這麼做。事情的結果，可能會因其他人涉入，而變得不同，但這不能改變施害之人的理由。

「妳堂姊違抗聖旨，卻把無辜的妳牽扯進來，事後甚至想把責任全推到妳身上。她想要的，其實是妳的性命，只不過中間出了些意外，沒能如意。

「如今皇上這般罰她，是她咎由自取，妳不必為自己占了她的位置而愧疚感激，也不必同情她的下場。不僅如此，還可以追究她對妳的傷害。」

祁雲菲怔怔看著衛岑瀾，眼眶漸漸紅了。

# 第二十三章

這兩日，她過得著實驚心，每一刻都不敢放鬆警戒。

昨晚發現自己的處境時，她以為活不成了，才抱著必死的決心，放手一搏。

她不過是個庶女罷了，哪敢怪罪祁雲昕。即便前世成了皇貴妃，因為沒有底氣，且柔姨娘還在他們手中，祁雲昕說什麼，她只能照辦，不敢反抗。

靜王待她的態度非常奇怪，看起來寵她，實則對她甚為冷漠。

每每她照祁雲昕的交代說起衛岑瀾的好，暗示他支持衛岑瀾，靜王看她的眼神就很不對勁，不回應也不拒絕。

因為靜王不配合，祁雲昕對她很是不滿。

靜王既不會按照她的想法去支持衛岑瀾，也不會答應她的任何請求。他用最奢華的用度養著她，可她一提柔姨娘的事，就顯得很不耐煩。最後一次求他，還被他殺了。

久而久之，她便習慣了，打算今生只躲著他們，不礙他們的眼，讓她好好活著就行。

她從不知還可以如衛岑瀾所言這樣想，也不敢這麼想。

她身分低，縱使知道自己沒錯，也不敢去怪罪別人。

但衛岑瀾位高權重，整個大齊，除了平德帝之外，就屬他的地位最高。他無須顧忌任何人的身分，只看對錯。

「她迷暈妳是錯，不顧妳的心意，搶了妳的親事也是錯，事後把所有錯誤推到妳身上，是錯上加錯。」衛岑瀾繼續說道。

祁雲菲心中甚是感動，淚珠啪嗒一聲掉下來，砸在手上。

見小妻子哭了，衛岑瀾有些後悔自己說得重了，他應該慢慢跟她說的。有些想法，不是一朝一夕就能改變的。

只是，他不願她對祁雲昕那種惡毒女子，心生愧疚和感激。

正欲開口，卻聽祁雲菲說道：「多謝您。」

聽到這話，衛岑瀾鬆了口氣。還好，她不是不知對錯，一味善良。

「王妃不必如此客氣。」

祁雲菲細細琢磨一下，才抬頭看衛岑瀾。「大姊姊得到應有的懲罰，您也說了，皇上已對此事做出裁決。臣女不想追究，您也無須為臣女再做什麼，免得惹皇上不喜。」

如果祁雲昕真的重生了，她為何搶她的親事，答案就很明顯了，無非是看中靜王將來會成為皇帝，而她會當上皇貴妃的命運而已。

不過，平德帝已經下旨，祁雲昕永生不得為妃。即便未來靜王登基，祁雲昕也不會成為皇貴妃，只會是低等位分。

這對祁雲昕而言，算是懲罰了。

至於她，以後可以跟著衛岑瀾離開京城，遠離靜王，遠離定國公府，跟柔姨娘一起好好活著，這對她來說是喜事。

所以，她不想追究了。

如今衛岑瀾看著勢大，以後卻沒登上帝位。他對她這麼好，她不想讓他為此違抗聖意，惹平德帝不喜。

「妳是在為本王考慮？」衛岑瀾盯著祁雲菲的眼睛。

感受到衛岑瀾灼熱的目光，祁雲菲臉頰微紅。「也不僅僅是為您，臣女真的覺得皇上的處置挺好。」

聽到這話，衛岑瀾收回目光，沒再說什麼。

不過，祁雲菲心裡可不平靜。

衛岑瀾待她真好。越是好，她心裡越難受。

有一點，衛岑瀾說得不對。

其實，她也有錯。昨晚，她利用了他。

因為剛剛哭過，此刻大大的杏眼亮晶晶的，裡面盛滿了水霧。

她仰頭看衛岑瀾。「對不起。」

「嗯？」衛岑瀾疑惑。

「昨晚，臣女……臣女利用了您。」祁雲菲臉色紅紅，越說越羞愧，越說越小聲。

瞧著小妻子微紅的臉，衛岑瀾還有什麼不明白的。

他堂堂一個王爺，若非自願，會被她一個小小的庶女利用嗎？

「咳，這便是本王方才所言，影響結果的其他人了。若昨晚本王執意送妳回定國公府，就不是救妳，而是害妳了。定國公心懷歹念，若是妳回去，恐怕此刻已被……」

後面的話，衛岑瀾沒再說出來。他權勢滔天，哪會查不出定國公夫婦今早定下的惡毒計謀。

雖然定國公在平德帝面前表現得大義凜然，把整件事情如實講出來，可羅氏在皇后那裡，可不是這麼說的。

定國公無非是瞧見被處罰的靜王，審時度勢，才做出這個決定罷了。

既想把錯誤推給祁雲菲，怎會留下活口？迷暈她的丫鬟，想必也活不成。

到時候，死無對證，他翻不了案。祁雲昕成了無辜之人，一個側妃的位置跑不了。

想到這些，衛岑瀾就有些後怕。

「還好妳機敏，也夠了解定國公府的作風。」

聽見衛岑瀾誇她，祁雲菲眼睛亮亮的，嘴角揚起淺淺的笑意。

見小妻子臉色由陰轉晴，衛岑瀾話鋒一轉，道：「不過，也不是毫無錯處。」

祁雲菲愣了下，呆呆地看衛岑瀾。如果想要留下不是錯，那麼，錯的只能是——她勾引他？

想起自己昨晚做過的事，祁雲菲臉色瞬間爆紅，趕緊垂下頭，低聲道：「對……對不起，昨晚臣女不該……」

祁雲菲雙手絞著衣裳，那句話卻無論如何都說不出來。

衛岑瀾猜到她想的是什麼，向來冷靜自持的他，也流露出不自在的神色。

不知為何，聽了小妻子這話，他感覺自己變成了被強迫的人。

「妳是本王八抬大轎娶進門的正妃，雖沒有拜堂，也是夫妻。夫妻之間，這種事情是……」衛岑瀾難得語塞，看著頭快埋進脖子裡的小妻子，還是說了出來。「情趣。」

祁雲菲的臉更紅了。

見她連脖子都紅成一片，衛岑瀾有些後悔自己的直白。

不過，與其讓小妻子愧疚，害羞會減輕她的負擔。況且，這種事情，若非自願，誰又能勉強他？

但，他也不想看她害羞下去，真怕那纖細的脖子會折斷。

「咳，本王說的是，王妃如今已經是本王的妻子，再稱呼『臣女』，就不合適了。」

祁雲菲一愣，抬起頭來，衛岑瀾才放心了些。

不過，她的臉似乎更紅了。

衛岑瀾後知後覺地發現，他現在說的事，跟剛剛那件事，似乎也沒什麼不同。

他從椅子上站起來，再次輕咳一聲，道：「府中只有妳我兩個主子，事情簡單。此刻無事，昨日累著了，妳先去休息吧。」說完便大步離開，頗似落荒而逃的模樣。

不過，祁雲菲比他還羞赧，根本沒察覺出來。

衛岑瀾走後，祁雲菲進了房間，便有四名侍女過來伺候。

突然有這麼多人服侍，祁雲菲感覺非常不習慣，還是對香竹更熟悉些。可是，今日太過緊張，沒來得及問，而且衛岑瀾離開了，她也不知該找誰打聽。

祁雲菲坐在床上思索許久，漸漸有些睏倦，忍不住打了個哈欠，靠在床邊睡著了。

侍女見狀，趕緊輕手輕腳扶著她躺下，默默退了出去。

這一覺，祁雲菲睡了半個時辰才醒來，睜開眼睛時，看著陌生的床幔，恍惚一下，片刻後，思緒才漸漸回籠。

雖然只過了短短一日，但對她而言，卻像是過了好多天，像是活在夢中一般。

她竟然……成為睿王妃了！

想到這裡，祁雲菲露出淺淺笑容，蓋在身上的被子也被她往上扯，遮住了半張臉。

至於前世睿王妃的悲慘結局，以及本該屬於她的皇貴妃之位，她絲毫不覺得可惜。

皇貴妃又如何，皇帝不喜她，皇后嫉妒她，定國公府又威脅她，根本沒有自由。

當了睿王妃，縱然以後享受不了榮華富貴，卻能平安簡單地度日。

有那麼一瞬間，她甚至希望靜王明日就登基，後日就把衛岑瀾罰到極南荒涼之地。這樣，她便徹底自由，也能帶著柔姨娘逃跑了。

不過，眼下最重要的，還是把香竹找回來。

祁雲昕能把事情全推給她，勢必不會好好待香竹。不知香竹現在在何處，會不會已經被祁雲昕——

想到這一點，祁雲菲立刻坐起來，掀開被子就要下床。

然而，下一刻，床幔被拉開，一張熟悉的臉映入她眼簾。

「香竹！」祁雲菲激動地叫了一聲。

香竹看到自家姑娘，哭了起來。「姑娘。」

「妳怎麼會在這裡？」祁雲菲揚起大大的笑容。睿王府於她而言太過陌生，一直覺得非常孤單，如今看到熟悉的丫鬟，心中安定了不少。

香竹哽咽地說：「是王爺把奴婢救出來的。」

即便香竹沒說是哪個王爺，祁雲菲也明白她說的是衛岑瀾。

這兩日，不，在衛岑瀾還是「岑大人」時，就幫了她不少。她對他的感激之情，已經不知該用什麼來形容。他幫了她太多太多，她又欠他太多了。

這些，實在太過沈重和複雜了，這會兒最重要的是——

「他們有沒有為難妳？」祁雲菲問。

香竹擦去臉上的淚，搖搖頭。「沒有。今日一早，奴婢被大姑娘關起來，誣衊奴婢跟姑娘合謀害了她。不過，後來不知怎的，大姑娘不見了，幾個侍衛闖進來，把奴婢帶到這裡。」

聽聞香竹只是被關起來，沒有受苦，祁雲菲放下了心。

看來，祁雲昕應該還沒來得及對付香竹，便被宮裡的人帶走了。

哭過一場之後，香竹漸漸平靜。祁雲菲還沒睡醒時，她就來了，這會兒終於想到最想問的事。

「姑娘，您真的嫁給睿王了嗎？」香竹小聲問道。聲音裡充滿小心翼翼，也充滿了不可置信。

祁雲菲點點頭，也壓低了聲音。「真的。」

雖然早已知曉此事是真的，也見過衛岑瀾，可此刻聽到自家姑娘親口承認，香竹的心情還是跟剛剛不一樣了。

香竹笑起來，祁雲菲也跟著笑，笑她們終於逃離吃人的定國公府，終於自由了。

「您說，大姑娘是不是傻？」香竹忍不住道：「竟然跟您換親事。堂堂國公府的嫡長女，卻自願給靜王當妾，是不是腦子壞掉了？」

如果不知前世的事，祁雲菲自然跟香竹想的一樣。但猜測祁雲昕同樣重生之後，她就不這麼想了。

靜王是未來的皇帝，而衛岑瀾是被貶的王爺。給靜王做妾，日後能成為皇貴妃；當衛岑瀾的正妃，只會被他冷落，去荒涼之地。

祁雲昕不傻，相反地，她很精明。

「誰知道呢。不過，以後不要再提此事了，儘量別引人注意。」

「嗯，奴婢知道。如今您是睿王妃，奴婢一定小心行事。」

說完，香竹服侍祁雲菲穿衣，又忍不住提了一句。「奴婢怎麼也沒想到，岑大人竟然就是睿王，之前一直以為他是舅老爺的朋友。」

祁雲菲道：「可不是嗎，我也這般認為。思來想去，都是我誤會了，王爺從沒說過他認識我舅舅。不過是說到楊柳村，我便想當然爾地以為，他是舅舅的朋友了。」

香竹感慨。「王爺的脾氣可真好，一直沒解釋，幫您查舅老爺的消息，還替您做主，趕跑去鋪子鬧事的人。」

「是啊，現在想想，覺得自己的運氣真是太好了。」

「王爺跟傳聞所言，可真是不一樣，外冷心熱。」香竹道：「不過，王爺為何會無緣無故提起楊柳村呢？」

這也是祁雲菲不解的地方。「我也不知。」

她本想問問衛岑瀾，可是，想到衛岑瀾那日被她誤會了，卻沒有解釋，反而順著她的話說下去。

堂堂一個王爺，並沒有撒謊的必要。

祁雲菲想，要麼裡面另有隱情，要麼衛岑瀾真的認識她舅舅。

既然他不說，她還是不要問了。

瞧見自家主子臉上的疑惑之色，香竹道：「總歸，王爺待您好，讓您頂替了大姑娘的位置。」

祁雲菲回過神，笑了笑。「嗯。」

的確，這些都不重要，重要的是眼前。

她從沒想過自己能成為睿王妃，本以為會跟前世一樣做妾，孰料搖身一變，當上了正妃。

這一切，都是衛岑瀾給她的。

若他不願意，她不僅不能待在睿王府，還極可能活不成了。

# 第二十四章

中午吃飯時，衛岑瀾從前院回來了。

祁雲菲本想在飯桌上對衛岑瀾說說她的感謝之情，但覷了覷他的臉色，沒敢開口。

出嫁之前，姨娘教過她為妾的規矩。

前世，跟靜王一起用膳時，靜王也不愛講話。衛岑瀾可能更講究些，食不言。

看著桌上的飯菜，祁雲菲有些詫異。

有件事，早上她便覺得奇怪。

睿王府的早膳著實簡單，油條、包子的分量不多，她吃了些，剩下的全被衛岑瀾用掉了。

沒想到，中午依舊如此，只有四道菜，兩葷兩素，分量也不多，其他便是米飯、花捲等吃食。

這跟她想像中的完全不一樣。她記得，定國公府正房吃飯時，桌上常常擺著八道菜，最少也有六道。

不說別人，她的嫡母獨自用飯時，也常常去公中領四道菜。

衛岑瀾可是王爺，又是平德帝的親弟弟，位高權重。不說加上她，便是他一個人，四道菜也不夠吧？

但看衛岑瀾的神色，似乎並沒有任何不滿。

祁雲菲暫且按捺住心中的想法，默默吃飯。

早上進宮解決最重要的事，還睡了一覺，她心情甚好，所以多吃了些。

往日，她根本吃不完一碗飯。睿王府的碗大，可她還是吃了一碗，感覺肚子有些撐。見自己吃得多，便露出一絲不好意思的神情。

衛岑瀾正吃著呢，打量著小妻子，微微蹙眉。「怎麼吃這麼少？」

祁雲菲見他的手似乎要伸到花捲那裡去，想到早膳時發生的事，連忙說道：「不用了，今日臣……妾身比之前吃得都要多。」

聽到這略帶著急的聲音，衛岑瀾的手頓了下，看看小妻子害怕的神色，眼中泛起淺淺笑意。

他伸手拿了一個花捲，溫和地說：「嗯，本王還沒吃飽。」說完，咬了一口。

祁雲菲鬆了口氣，瞧著衛岑瀾的舉動，心裡冒出一絲尷尬。

她以為衛岑瀾是要幫她拿花捲，所以趕緊拒絕了。沒想到他沒這個意思，可不就尷尬了嗎？

為了不繼續尷尬，祁雲菲埋頭喝湯。

等到衛岑瀾吃完，祁雲菲已經多喝了一碗湯，肚子撐得不得了。

衛岑瀾似乎很忙，飯後，祁雲菲還沒來得及跟他說話，他就被侍衛請走了。

這些話不是非得現在說不可，祁雲菲見他有事，便沒攔著，讓他去忙了。

因為上午睡了一覺，現在祁雲菲一點都不睏，卻不知自己該幹些什麼。

不管前世還是今生，她從沒做過正室，也沒這般輕鬆過。既沒有主母壓制她，也沒有管事嬤嬤來管教她。

如今，整個王府中的下人都聽她的話，甚至不敢抬眼瞧她。

在不清楚衛岑瀾的態度之前，她不敢在府裡亂逛，萬一逛到什麼秘密的地方，壞了衛岑瀾的事，就不好了。

簡單打量過正院之後，祁雲菲便回屋看書去了，一看就是一下午。

許是因為中午吃得太多，下午又沒動彈，晚上時，祁雲菲吃得少了些。

衛岑瀾照例問了她一句，見她皺著秀氣的眉搖頭，沒再勉強。

祁雲菲本以為衛岑瀾又要去前院，沒想到他沒走，而是坐在一旁喝起茶來。

祁雲菲有話想跟衛岑瀾說，但又有些怕他，不知該如何開口，只好盯著他瞧，見茶杯半新不舊的，更是詫異。

睿王府跟她想的完全不一樣，雖然看起門第很高，但裡面似乎沒有那麼奢華。無論是晚膳僅有兩菜一湯，還是用舊茶杯，都能看得出來。

祁雲菲想著，不覺又打量衛岑瀾。

他手上的扳指，似乎也有些年頭了。衣裳是新的，但不是什麼頂級布料。腰封也是新的，可布料亦很是普通。

她正看著呢，卻聽衛岑瀾輕咳了一聲。

祁雲菲終於發現自己在做什麼，臉色微紅，連忙收回目光。

「王妃可是有話要跟本王說？」衛岑瀾非常體貼地解了祁雲菲的尷尬。

從中午開始，祁雲菲便一直盯著他看，目光中流露出一句話：我有話說。

飯後本想問問她，只是當時有事，便去了前院。晚飯後，他一直等著她開口，可她盯著他看了許久，依舊沒說出來。

被衛岑瀾點破，祁雲菲張了張口，道：「謝謝您。」

「嗯？」

「謝謝您把香竹救回來，也謝謝您替妾身準備賞銀。」

衛岑瀾看了她一眼。「王妃不必如此客氣。」

說完兩句話，兩人之間又陷入了沈默。

衛岑瀾想到了，在他的身分沒點明之前，她似乎沒這麼沈默。

想到祁雲菲可能是害怕他的身分，衛岑瀾溫和地說：「府中沒多少事情，如果有什麼需要，或者有事，便去找王管事。若是悶了，可以在王府中四處逛逛。」

祁雲菲聽了，眼睛一亮。「妾身可以逛？」

衛岑瀾喝口茶。「自然可以。妳是本王的王妃，想去府中哪裡都行。若覺得無趣，亦可讓王管事請戲班子或舞姬過來。」

祁雲菲眼睛更亮了，臉上的笑容加深。

見她笑了，衛岑瀾也就放心了。

晚飯前，他聽說她把自己關在屋裡一下午，著實有些擔心。

「前院還有些事，王妃先休息吧。」說罷，衛岑瀾起身出門了。

衛岑瀾離開後，祁雲菲看了一會兒書，便去沐浴。

沐浴完，祁雲菲便有些睏倦了。

然而，衛岑瀾一直沒回來，她便坐在床上等。

雖然衛岑瀾說讓她早些休息，可這才新婚第二日，她這般做不太好。

不知衛岑瀾什麼時候回來？她心裡既期盼著衛岑瀾能夠早些回來，又有些緊張，害怕他回來得太早。

一想到晚上要發生的事，祁雲菲低頭看看床，猶豫一下，起身去一旁喝茶了。

直到她喝了兩盞茶之後，終於聽到外面傳來動靜。

祁雲菲立刻站起來，朝門口走去。

衛岑瀾見小妻子換了衣裳，且身上有一股香味，便猜她已經沐浴過了。

看著這張白裡透紅的小臉，衛岑瀾定了定神，道：「若是睏了，去睡便是，不必刻意等本王。本王差事繁忙，時常夜深才回房。」

實則是，之前忙完就在前院睡了，極少回後院。

「妾身不睏。」祁雲菲小聲道，為衛岑瀾脫外衣。

然而，衛岑瀾的個子著實高了些，她得踮著腳，才能搆到他的肩膀。但她許久沒做過這樣的事，有些手生。試了幾次，衣裳還是沒有解開。

這時，一雙大手握住了她這雙看起來不太安分的小手。

祁雲菲停了動作，臉色緋紅，抬頭看向衛岑瀾。

衛岑瀾深深地凝視她。「不必如此，本王自己來就好。」

迎視衛岑瀾的目光，感受手掌上傳來的溫熱，祁雲菲想到了昨晚的事，心撲通撲通跳起來。

接著，衛岑瀾鬆開祁雲菲的手，三兩下把外衣脫掉了。

祁雲菲本想著回報衛岑瀾，見自己連這種小事都做不好，很是不中用，臉色頓時尷尬了。

衛岑瀾瞧她一眼，沒說什麼，去裡間沐浴。

這一次，仍舊沒人進去服侍。

祁雲菲還在為剛剛的笨拙感到羞惱，沒有發現。

聽到裡間傳來的水聲，想到等會兒可能要發生的事，又開始緊張起來。

很快地，衛岑瀾出來了。

吹熄蠟燭之後，兩人躺到床上。

昨晚，祁雲菲是靠著一股孤勇，面臨生死，所以才那般大膽。今日恢復平靜，那股勁洩了，便不再敢靠近衛岑瀾，而是躲得遠遠地。

本以為會睡不著，沒想到沒過多久，她就在緊張裡，漸漸睡去了。

她卻不知，身側的男人也在緊張著。

聽到旁邊傳來均勻的呼吸聲，衛岑瀾失笑。

見她剛剛為他脫衣時的小動作，以為今晚她還會如昨夜一般主動，正想著是否拒絕。但拒絕了，她會不會又要哭？一想到她會哭，便覺得不是滋味。
沒承想，對方壓根兒就沒理會他，睡得香甜。
聽著身側的呼吸聲，衛岑瀾突然冒出一絲說不清、道不明的思緒，暗暗嘆氣，側身把祁雲菲往床中間挪了挪，這才安心睡去。

第二日醒來後，見衛岑瀾早已離開，祁雲菲懊惱地抓了抓頭髮。
她怎麼睡這麼沈，竟然沒聽到衛岑瀾起身的聲音。
見香竹進來，祁雲菲問：「王爺什麼時候起身的？」
香竹笑著說：「約莫有兩刻鐘了。」
「妳怎麼沒叫醒我？」
「奴婢想叫您的，但王爺不准呢。」
祁雲菲聽後，抿了抿唇，沒說話。
這的確是他的作風，他一直都是這麼照顧她。沒嫁給他之前是這般，嫁給他之後，還是這般。
收拾一番後，祁雲菲便去吃早飯了。
早飯跟昨日一樣，非常簡單，簡單到跟她在定國公府時吃的差不多。

可她是什麼身分，衛岑瀾又是什麼身分？

祁雲菲總覺得怪怪的。不過，也沒多問什麼。

飯後，衛岑瀾說了一件讓她驚訝不已的事。

他要陪她回門，而且，東西都已經準備好了。

直到跟衛岑瀾坐上回定國公府的馬車，祁雲菲仍舊覺得不太真實。

前世，衛岑瀾不僅沒和祁雲昕拜堂，甚至沒跟著她回門。

那陣子，祁雲昕成為京城貴女的笑柄，定國公府也成了一則笑話。即便身在靜王府後院，祁雲菲也聽說了這件事。

衛岑瀾的意思很明顯，他不喜定國公府。

不過，縱然是笑話，也是在背後說，沒人敢放到明面上提。

畢竟，祁雲昕雖然在衛岑瀾那裡吃癟，她仍舊是睿王妃。迫於衛岑瀾的權威，眾人還是乖乖在她面前示好，討好她。

可衛岑瀾為何要陪著她回門？衛岑瀾依舊不喜定國公府，甚至因為祁雲昕的事，比前世更討厭定國公府。而且，她的身分還不如祁雲昕。

難道是……因為她？

想到認識衛岑瀾以來，他為她做過的事，不由盯著他英俊的側臉，臉漸漸熱起來。王爺可真好看。而且，似乎比初見時還要好看了。

當衛岑瀾看過來時，祁雲菲趕緊低下頭，覺得自己著實厚臉皮。怎麼可能是因為她，她身上有哪一點能被衛岑瀾看中？

他願意同她回門，是因為定國公府，或平德帝的關係吧。

不過，不管因為什麼，衛岑瀾這都是在給她臉面，對她好。

想到這一點，祁雲菲心頭升起一絲喜悅。

很快地，馬車駛入定國公府，祁雲菲開始緊張起來。

衛岑瀾似乎瞧出她的緊張，道：「莫要怕。記住，如今妳是本王的王妃，一切自有本王為妳做主。」

祁雲菲抬眼看他，心裡的不安消退了些。

馬車停後，衛岑瀾率先下車。

在掀開簾子的那瞬間，祁雲菲深深呼吸幾下，才讓自己不發抖。

她跟祁雲昕換身分這件事，只有熟知前世的她和祁雲昕明白，誰才是真正得利的人。但對定國公府而言，得利的是她。

想到前世定國公府利用柔姨娘來威脅她，祁雲菲心頭沈甸甸的。

在她猶豫間，一隻寬大的手掌出現在車簾前。

「到了，下車吧。」

她順著大掌望向衛岑瀾，不知為何，便沒那麼緊張了，握著他的手走下車。

馬車前，跪滿昔日欺負她的奴僕，以及……主子。

祁雲菲很是感慨。前世，這樣的場景在靜王登基後才有，沒想到，今生這麼快就看到了。

衛岑瀾對祁雲菲溫和，可對定國公府的人，就沒那麼和善了。

「都起來吧。」衛岑瀾頗為冷淡地說道。

定國公卻沒在意衛岑瀾的冷漠，笑著上前。「王爺跟王妃一路辛苦，快進去歇息吧。」

衛岑瀾看也未看定國公一眼，大踏步往廳堂走去。走了幾步之後，見身側的人沒跟上，便回頭看。

祁雲菲見衛岑瀾停下來等她，趕緊小跑幾步跟上。

接下來，衛岑瀾走得慢了些，和她一起進了正廳。

# 第二十五章

正廳裡，衛岑瀾和祁雲菲一左一右坐在上首。

這是祁雲菲想都沒想過的位置。剛坐上去時，祁雲菲的心狂跳起來，甚至不敢看坐在下面的人。

漸漸地，心跳沒那麼快了，她才掃視一眼，發現廳裡的一舉一動，全能收入眼底。

從前，她一直喜歡坐在角落，以為眾人看不到她。

如今一看，並非像她想的那般。即便藏在椅子後面，坐在上首的人依舊看得到，以往不過是不想看到她，忽視罷了。

此刻，祁老夫人、羅氏還有嫡母李氏，對她恭恭敬敬的，噓寒問暖。沒人再對她大呼小叫，不僅如此，還說吉祥話討好她。

看著眾人跟以往不一樣的態度，祁雲菲意外地平靜下來。

前世她成為皇貴妃之後，定國公府的人在新帝面前，也是如此待她。一切是那樣的陌生，卻又如此熟悉。

她正想著呢，便聽羅氏說道：「王妃，不如咱們移步到旁邊的院子坐坐。您幾日沒回來，想弟弟和姨娘了吧？」

祁老夫人聽到這話，看了羅氏一眼。

祁雲菲雖也瞧出羅氏臉上的焦急之色，不過，她的確想念柔姨娘了，便想答應。她出嫁之前，柔姨娘被羅氏關起來，不知這兩日過得如何。

不過，出聲之前，她看了看衛岑瀾的臉色。

衛岑瀾瞧見小妻子臉上的嚮往之色，對她點點頭。

接著，祁雲菲去了祁老夫人的院子。

不知是不是祁雲菲的錯覺，她一進屋，便感覺眾人的態度不太一樣。

跟在她身邊的王府侍女，則被管事嬤嬤攔住。「幾位姑娘伺候我們家四姑娘辛苦了，不如去旁邊喝杯茶？」

為首的吟春看了祁雲菲一眼，又看向管事嬤嬤，客氣地說：「多謝嬤嬤，不必了。」

管事嬤嬤聽後，望向祁老夫人。

祁老夫人打量四名侍女，又看看悶不吭聲的祁雲菲，笑著說：「菲兒，王府的侍女一路伺候妳辛苦了，可不能再累著，讓睿王以為咱們府裡不知規矩，不如讓她們去旁邊廂房歇一會兒吧。」

祁雲菲皺眉，沒有說話。

祁雲菲是什麼性子，定國公府無人不知，懦弱無能，只知道哭哭啼啼。

祁老夫人本以為隨便用幾句話就能哄住祁雲菲，沒料到她如此沈得住氣，竟一句話都不說。

祁雲菲的性子的確軟，不過，前世在靜王府待了幾年，今生又遭遇祁雲昕換親的事，已經沒那麼軟了。

而且，性子軟，不代表她蠢。

祁老夫人明顯是想跟她說些什麼，才故意支開吟春她們。至於祁老夫人想說的……祁雲菲對這種事情再熟悉不過了。

此刻，她的腦子似乎一下子炸開了，開始嗡嗡作響。

前世，她面對過這樣的事無數次。

靜王沒登基前，為讓她說服靜王支持衛岑瀾，讓她盯著靜王的一舉一動，他們便這般支開靜王府服侍的下人，逼迫她。

靜王登基後，他們為了替定國公府謀福利，也這般支開宮女。當著新帝的面是一套，私底下卻是另一套。

羅氏心中著急，見祁雲菲不說話，忙道：「四丫頭，妳不想見妳姨娘了嗎？」

這話證實了祁雲菲的猜想，像是一根釘子，釘在她心底最柔軟的地方，鮮血淋漓。

祁雲菲一下子清醒過來。

前世，定國公府正是拿著柔姨娘來威脅她，逼她聽他們的話，逼她為定國公府做事。

她聽了，也做了，可到頭來呢？柔姨娘還不是被他們害死，她也被靜王殺了。

想到這些結局，祁雲菲突然覺得身子發冷。

「四丫頭，妳沒聽到我說的話嗎？」

見祁雲菲遲遲不開口，只是發呆，羅氏更加著急了，上前一步，又說了一遍。

這句話恰恰喚回祁雲菲的神智，看著羅氏著急的模樣，祁雲菲突然覺得，自己實在是太蠢了。

如今跳腳的人是羅氏，是羅氏有求於她，是定國公府有求於她。

至於求的是什麼事，明擺著呢。

既然是別人求著她，她為何要把自己的姿態擺那麼低？況且，擺得低有用嗎？

前世的結局證明，並沒有。人善被人欺，他們只會用更狠的手段來對付她，絲毫不顧及她和柔姨娘的性命。

今生，她和柔姨娘仍舊沒有犯錯。結果，柔姨娘被關起來，而她差點被祁雲昕害死。

祁雲菲突然想起昨日衛岑瀾說過的話，心裡一下子充滿了底氣。

是的，她沒有錯，錯的人不是她。

定國公府的人在衛岑瀾面前是一種樣子，在她面前又是另一種樣子。看來，他們對她的恭敬，不過是做做面子。

不過，這同樣說明了一件事——他們害怕衛岑瀾！

而且，衛岑瀾剛剛說，他會為她做主。

靜王從沒說過這樣的話。不僅如此，也未曾替她做過什麼，甚至對定國公府比對她還好。

她若敢說定國公府一句不是，靜王便訓斥她，命她必須跟定國公府的人交好。

祁雲菲閉了閉眼，把前世的事情全拋在腦後。

或許，今日又要麻煩衛岑瀾了。

想清楚這些之後，祁雲菲睜開了眼。

此刻，她的眼神中流露出前所未有的堅定，目視前方，朝著上首位置走去。

侍女們見她如此態度，沒再理會管事嬤嬤，不卑不亢地跟上了。

祁雲菲走到以往祁老夫人坐的位置，盯著椅子看了一會兒。

從前，這位置對她來說，是高高在上。如今她站著，這位置在她下方，她在俯視它。

她正想坐下，侍女吟夏不知從哪裡拿來一張乾淨的墊子，鋪在上面。

祁雲菲微微一怔，側頭看她一眼，轉身坐了。

祁雲菲坐定後，香竹站在她下首，其他四名侍女分別站在她的兩側。

見祁雲菲如此姿態，定國公府的人全怔住了。

「本王妃來了許久，怎麼連一杯熱茶都沒看到？定國公府就是這般待客的嗎？」祁雲菲慢慢說道。

這聲音不輕不重，卻有一股上位者的感覺。

前世畢竟當了半年的皇貴妃，即便再膽小懦弱，多少也能撐出一點威儀。

如今又有衛岑瀾在背後撐腰，祁雲菲的姿態就更足了些。

剛剛隨衛岑瀾去前院時，一進屋，熱茶點心陸續端上，眾人一副巴結討好的樣子。現在，只剩下她，這些人不僅沒準備茶點，態度甚至大為轉變，可不就是見衛岑瀾不在，想要欺負她嗎？

「四丫頭！」羅氏不悅地低聲道。

這個祁雲菲，真當自己飛上枝頭變鳳凰了不成？竟然敢無視她剛剛的話。不僅如此，還在挑定國公府的錯。也不瞧瞧自己算個什麼東西，不就是個庶子生的，生母連府中的丫鬟都比不上。

「放肆！」吟春冷著臉訓斥。「怎可對王妃不敬？」

剛剛羅氏等人也對祁雲菲不敬，只是，祁雲菲沒開口，她們這些做下人的便沒說什麼。如今主子已經表明態度，她們就得跟主子站在一處。

況且，區區一個定國公府，還想跟她們家王爺叫板不成？無非是想欺負王妃罷了。但王爺待王妃的態度有目共睹，怎會眼睜睜看著王妃被欺負。

羅氏簡直不敢相信自己的耳朵。她怎麼說都是國公夫人，自從丈夫襲爵後，極少有人敢這麼對她說話。

昨日皇后娘娘算一個，今日祁雲菲身邊的侍女又算一個。仔細想來，都是因為祁雲菲的緣故。

不過是個不起眼的庶女罷了，竟然敢如此待她，羅氏面子上著實掛不住。

「妳這侍女好生無禮，可知我的身分？」羅氏把王府侍女當成是祁雲菲身邊的丫鬟了，如同香竹一般，沒考慮到這侍女不僅是祁雲菲的，還是睿王府的。

縱使祁雲菲想反抗，但也不敢這般對羅氏。而且，四丫頭這個稱呼，以前她未出嫁時，府裡的人經常這樣喊。

吟春的話一出，祁雲菲也嚇到了，不過看著吟春的冷臉，很快就反應過來。

如今她是睿王妃，跟從前的身分不一樣。羅氏雖是國公夫人，但品級比她低，應以她為尊。

前世，她成為皇貴妃之後，曾想反抗，可惜柔姨娘被握在定國公府手中，而靜王又不維護她，只能憋著。

吟春這話，倒是做了她一直想做而不敢做的事。

而且，吟春、吟夏、吟秋、吟冬這四個侍女是昨日衛岑瀾給她的，也代表著他的臉面。打她的臉可以，打衛岑瀾的臉，她就不高興了。

想清楚這些之後，祁雲菲擺正了態度，冷著臉道：「難道是不歡迎本王妃？也罷，我這就跟王爺說一聲，不叨擾了。」便要起身。

祁老夫人像是剛剛反應過來一樣，瞪羅氏一眼，笑著對祁雲菲說：「王妃這是說的哪裡話，下人們早已去準備茶水了。您是貴客，自然要仔細些，這才慢了。」

祁雲菲看了祁老夫人一眼，慢慢坐回去。

羅氏見狀，縱使心裡著急，也只得按兵不動了。

片刻後，下人們把茶水端上來。

屋內沒有一個人講話，似乎都被祁雲菲的氣勢驚到了。

喝了幾口茶，祁老夫人率先開口。

「這兩日，菲兒在王府可還好？」

祁雲菲看了祁老夫人一眼。

從前，祁老夫人坐在她這個位置，而她躲在角落裡，抑或跪在她面前。

如今，兩人換過來了。

說實話，祁雲菲有些緊張，為了不被看出來，儘量用簡短的句子回答。

「甚好。」

「看來王爺待妳不錯？」祁老夫人笑著說道。

這語氣、這態度，就跟平日裡同祁雲昕、祁雲嫣這兩個喜歡的孫女說話一般，她可從來沒有過這樣的待遇。

別說是對她笑了，祁老夫人甚至沒正眼瞧過她。

前世，即便後來祈老夫人有求於她，也沒擺出這樣的態度，每回都是施捨的語氣，彷彿不是求她幫忙，而是給她恩典。

「嗯。」祁雲菲應了聲。

「待妳好就行，我也能放心了。」說得好像她平日真的很疼祁雲菲一樣。

聽祁老夫人用這樣的語氣跟她講話，祁雲菲心裡有說不出來的彆扭。

「不過，菲兒年紀還小，可能不太懂。女子想得夫家敬重，家世非常重要。若是沒了娘家扶持，早晚會被夫家怠慢。」祁老夫人緩緩說道。

祁老夫人這話說得的確有道理，在大齊朝，要是娘家厲害，女子在夫家也能硬氣一些。比如定國公夫人羅氏跟二夫人張氏。而三夫人李氏，因娘家不如國公府，所以處處低人一頭，只能夾著尾巴做人。

如果祁雲菲沒有前世的記憶，或許會被祁老夫人這話鎮住。

祁雲昕是定國公府的嫡長女，娘家一等一的尊貴，在京城裡數一數二。可結果呢？衛岑瀾絲毫不給她面子，不僅沒拜堂，也沒回門，待她極為冷淡。

可見，衛岑瀾並不是看重門第的人。

若是看重，他就不會讓她為妃，亦不會在今日陪她回門了。

另一邊，祁雲嫣看著她們的異樣，早想說話了。

剛剛她在前院瞧見衛岑瀾了，他長得可真好看啊，身分又高貴。

她一直非常嫉妒祁雲昕，但沒辦法，她長得沒祁雲昕漂亮，身分也沒祁雲昕高，成不了衛岑瀾的正妃。

聽到祁雲昕不想嫁給衛岑瀾時，她頓時有了別的想法。不僅是她，祁二爺和張氏也頗心動。可惜，沒能成功。

昨日聽說祁雲昕做的事情後，全府震驚。

起初，大家非常害怕，怕祁雲昕抗旨不遵，會連累到他們。

後來，聽說平德帝輕輕饒過他們，祁雲菲還成為睿王妃，眾人的心思就不一樣了。

祁雲嫣非常後悔。早知道祁雲昕這般愚蠢，她應該跟祁雲昕換，這樣的話，她就是睿王妃了。

如今，睿王妃的位置，被一個庶女攀上了。

祁雲嫣著實憤怒。衛岑瀾的身分多麼高貴，連她這種出身的嫡女都沒資格嫁過去，祁雲菲是個卑賤庶女，怎會跟他相配？

娶這種身分的女子，是在侮辱、貶低衛岑瀾。

見祁雲菲在她面前耀武揚威，祁雲嫣簡直氣炸了。

可縱然再氣，她也不敢開口。見羅氏被祁雲菲教訓之後，更不敢了。

現在，聽到最疼她的祖母出聲，祁雲嫣露出笑容。

她的機會來了。祖母才是府裡最厲害的人，而且最疼她，一定會護著她的。

# 第二十六章

平日，祁雲嫣欺負祁雲菲慣了，此刻一開口，便有些收不住。

「四妹妹，妳可要看清楚自己的身分，不過是個庶女罷了，還真以為自己飛上枝頭變鳳凰了？沒了定國公府撐腰，妳還有什麼？」

張氏聽了，佯裝訓斥女兒。「嫣兒，妳說什麼呢？如今妳四妹妹可是睿王妃，不能對她如此不敬。」

她說完，又衝著祁雲菲道：「菲兒，嫣兒可是妳二姊姊，她沒有壞心，都是為了妳好。妳不會跟她計較，對吧？」

李氏也出聲了。「妳這孩子，我平日裡怎麼教妳的，怎麼能這樣對長輩說話？不要以為妳成了睿王妃，就能對我們耍威風，還不趕緊向大家賠不是！」

以前祁雲菲可是非常聽她的話。如今看著這勢頭，是想反抗不成？萬一她成功了，以後豈不是難以從她身上撈到好處？是以見祁老夫人等人發了話，才跟在後面拿出嫡母的派頭。

羅氏太過自信，也習慣去壓著祁雲菲，今日是因為祈雲昕的事情著急，才一時沈不住氣。

此刻，她的心情已經平復下來，聽著眾人所言，冷哼了一聲。「妳母親說得對，莫要忘了自己的身分，也莫要忘了這個身分是如何得來的。」

這些話如同一個個夢魘般，在祁雲菲腦海中盤旋不停，似有千百張嘴一樣，不停地斥責她，不停地告訴她要聽話。

前世就是這樣，她想反抗，卻被駁了回來。

不，她不能再回到前世。她不想死，也不想讓柔姨娘死。

既然今生已經跟前世不同，那麼，便永遠不同吧！

在吟春試探著要開口之前，祁雲菲臉色微紅，緊緊握住拳頭，率先出聲了。

「本王妃沒忘呢，忘的人，怕是妳們吧？」聲音依舊悅耳動聽，卻透出一絲威嚴。

見眾人看向她，祁雲菲先瞥祁老夫人一眼，道：「祖母說得不錯，娘家對女子非常重要。可若娘家一開始便沒想幫她，反倒是害她，這樣的娘家不如不要。」

祁老夫人臉色難看了幾分。

接著，她又掃向張氏和祁雲嫣。「二姊姊年紀不小了，什麼話該說，什麼話不該說，可要注意些。咱們是一家人，我就不跟二姊姊計較了。只是，換做旁人，不知如何笑話妳呢。二伯母得好好管一管二姊姊了，免得到時候說不到好婆家。」

祁雲嫣臉色脹得通紅，張氏一臉不悅。

至於李氏……祁雲菲見她縮頭躲到祁老夫人身後，便沒有開口。

李氏畢竟是她的嫡母，當著這麼多人的面，說話的分寸不好把握。

有些話，私下說便好。

接著，祁雲菲轉頭望向怒視她的羅氏。

想到昨日衛岑瀾與她講過的話，祁雲菲覺得此刻內心充滿力量，握緊拳頭，厲聲道：「我這身分如何來的，還望大伯母莫要忘了。大姊姊迷暈我，把我送入睿王府，事後又企圖倒打一耙，把罪名栽贓到我頭上。我不計較，已經是大度了。」

既然大家都已經知曉實情，她也沒必要粉飾太平，裝作什麼都不知道的樣子。

羅氏很是憤怒，沒料到祁雲菲竟會是這樣的嘴臉。想起祁雲昕如今的處境，不顧睿王府的侍女還在場，怒斥。「妳莫要得了便宜還賣乖！」

「這句話還是送給大伯母吧，莫要得了便宜，還過來找我的麻煩。大姊姊可是想置我於死地，如今不過是去掃皇陵罷了，當真罰得太輕。若是哪天惹了我不高興，我可要跟大姊姊好好算一算這些帳。」

祁雲菲暗暗發抖，不知是氣的還是急的。不過，面上仍是一副底氣十足的樣子，看起來非常穩重，讓人瞧不出她內心的慌亂。

「妳敢?!」羅氏怒斥。

祁雲菲輕笑一聲。「妳看我敢不敢，如今我可是睿王妃呢！」她們怕睿王妃這個身分，她便拿出來壓她們。

羅氏不講話了，紅著眼瞪祁雲菲。

屋內變得寂靜無聲，呼吸可聞。

祁雲菲聽到了自己的心跳聲，怦怦怦怦，快要跳出胸膛了。

越是安靜，她越認清現實，大家都忌憚她的身分。

祁老夫人盯著祁雲菲許久，正想再次開口，卻被祁雲菲搶了先。「柔姨娘在哪裡？本王妃要見她，把她請過來吧。」

既然大家怕她，她何必低聲下氣，直接吩咐便是，看她們敢不敢違抗。

柔姨娘被羅氏關起來，她很久沒見到了，來時的路上還想著，該如何求求羅氏。以祁雲昕如今的處境，羅氏定會提些要求。她怕自己辦不到，羅氏會因此加害柔姨娘，非常煩惱。

如果定國公府的人好聲好氣，或許她還是會跟羅氏說些軟話，求她放了柔姨娘。這會兒，見識過定國公府的冷臉相向之後，她不打算那麼做了。

前世，她的委曲求全，換來的是柔姨娘的死。

既然軟的不行，那今生就撕破臉皮，來硬的。她要看看，定國公府敢不敢不聽她這個睿王妃的話。

一屋子的人都沒反應過來。

從前在定國公府中，祁雲菲可是任人欺負。不僅主子，下人們也敢輕慢她。現在，小白兔一下子露出爪牙，著實驚到大家了。

片刻後，見她們還是沒動靜，祁雲菲就幫她們提提神。

「吟春，去告訴王爺。」

「是！」

聽到這話，所有人都反應過來了。

祁老夫人率先說道：「王妃想見柔姨娘，這還不簡單，何必煩勞睿王殿下。」

吟春看祁雲菲一眼，站回原地。

祁老夫人緩緩道：「剛剛沒讓柔姨娘來，是因為她身分低，上不得檯面。我們都是為了妳好，如果睿王知道妳有這樣的生母，怕是面上難看，也會遷怒於妳。妳大伯母把妳叫過來，也是想讓妳們母女見一見。只是沒想到，妳竟然誤會了，發了脾氣。」

祁雲菲抿了抿唇。「祖母此言差矣。我生母的身分，王爺早已知曉。若他真的在意，就不會讓我成為他的正妃。」

聽了這話之後，祁老夫人笑容未變。「哦，原來王爺已經知道了。我倒是還不知情呢。」轉頭吩咐管事嬤嬤。「去把柔姨娘請來。」

祁雲菲站起身。「不必了。本王妃乏了，去準備一間廂房，把柔姨娘請到那裡。」她有很多話想跟柔姨娘說，但不想當著這些人的面講。

聽到祁雲菲的反駁，祁老夫人皺眉，露出不悅的神情，渾濁的眼睛盯著祁雲菲半晌，沈聲開口。

「也好，想必妳們母女倆有不少話要說。不過，王妃莫要忘了自己的身分，即便王爺知曉妳生母的出身，也未必希望自己的王妃不跟國公夫人和嫡母親近，反倒去見上不得檯面的姨娘。退一步講，縱然王爺不在意，若外人知曉，會不會笑話妳不懂規矩，笑話王爺呢？

「如今妳已經成了睿王妃，就要盡到自己的本分。出門在外，即便不給王爺長臉，也莫替他丟臉才是。」

祁老夫人一下子戳到了祁雲菲的弱點。她的確不怕別人看輕她，也覺得衛岑瀾並沒有瞧不起她的身分，可是，她怕別人因為她而笑話衛岑瀾。

祁雲菲握拳，腦海中產生無數的思緒。衛岑瀾幫了她那麼多，她不想讓他難堪。

可是，柔姨娘已經被羅氏關了許久，昨日鬧出那樣的事，不知她現在如何了。若是不見她一面，著實不放心。

最後，祁雲菲下定了決心，道：「煩勞祖母去準備。」

生母那邊，她不得不顧；衛岑瀾那邊，她會去彌補。

祁老夫人臉色變得極為難看。「也罷，去幫王妃安排一間廂房。」

管事嬤嬤應下，祁雲菲起身，帶著侍女們跟她出去了。

祁雲菲離開之後，祁雲嫣抹著眼淚，抱著祁老夫人的胳膊道：「祖母，您看看祁雲菲這是什麼樣子，她不過是個庶女罷了，憑什麼囂張啊？」

「可不是，她說我們就算了，對母親也這樣，不知禮數，太不懂事了。」張氏也道。

羅氏眼神冰冷。「那就是個出身卑賤的白眼狼，這些年白養著她了。」

李氏站在張氏身後，什麼都沒說。

聽著眾人的抱怨，祁老夫人始終未發一言。

片刻後，她拿開祁雲嫣的胳膊，坐在剛剛祁雲菲坐的位置上。

「夠了！」

此話一出，所有人都閉嘴。

祁老夫人緩緩道：「我們都想錯了，這丫頭已經不是之前那個任人欺負的人。」

她們本想著利用柔姨娘逼迫祁雲菲，再仗著是她的娘家來威脅她。沒想到祁雲菲根本就不在乎，不知是太蠢了聽不懂，還是聽懂了卻不去做。

無論是哪一種，等定國公府不幫著她，讓她在睿王府受挫之後，就知道娘家的好了，自會死心塌地替他們做事。

想清楚這些後，祁老夫人道：「雖然她出身卑賤，可她已是睿王妃。看睿王今日的模樣，很是寵她。如今他們新婚燕爾，蜜裡調油，要是她吹了枕邊風，難保睿王不會對府裡不喜。再說了，好歹睿王妃還是咱們國公府的人，以後對她恭敬些。」

「母親，那昕兒……」羅氏有些不滿，她女兒如今可是在掃皇陵呢。

這些榮耀本來應該屬於祁雲昕的，卻被一個庶女占據，她如何不氣？再者，這庶女竟然不知感恩，還敢在她面前擺出耀武揚威的架勢，就更氣了。

「住口！」祁老夫人訓她。「這一切還不都是她惹出來的。不僅她，妳這個當家主母也有錯，出了這麼大的事，居然絲毫沒有察覺。」

張氏原本還對祁雲菲待她不敬而氣怒，聽到祁老夫人和羅氏的話，立刻轉移心思。

不管祁雲昕還是祁雲菲當睿王妃，跟他們二房都沒什麼關係，她何必去蹚這渾水，能握在手中的東西，才是最重要的！

這般一想，張氏笑著道：「母親別生氣，這怎麼能怪大嫂呢？是昕兒太不聽話。咱們府裡事情多，大嫂管家已然很累，我瞧著大嫂神色不太好看，許是累病了吧？」

祁老夫人聽到這話，臉色好看了些。

羅氏豈會不知張氏在想什麼，立時道：「沒有的事，只是昨日沒休息好，無礙的。」

祁老夫人打量羅氏，又看張氏，做出決定。「我看妳是累著了，讓妳二弟妹幫幫妳。」

「母親！」羅氏不高興了。女兒已經失去睿王妃的位置，她怎能再把府裡的管家權分出去？

「就這麼決定了！」祁老夫人道。她實在是被祁雲昕的所作所為氣著了，因此對羅氏心生不滿。

不過，這件事還不急，另一件事比較著急。

「老大媳婦，等會兒妳跟老三媳婦去跟柔姨娘好好說說，再讓她去見四丫頭。」

羅氏看著祁老夫人的神情，頓時會意，想到柔姨娘那個蠢貨，笑著道：「母親放心，兒媳明白。」

說罷，羅氏和李氏離開了。

從正院出來時，祁雲菲一直冷著臉，看起來頗為傲慢，唬住了一眾人等。

可進了廂房，關上門後，祁雲菲的腿立刻軟了，要不是香竹扶住她，就要跪在地上。

方才在眾人面前說出那番話，當真是用盡了她的勇氣，此刻手還是抖的，手心裡全是汗。

直到坐在凳子上，她仍然在發抖。

「王妃，剛剛您可真厲害。」香竹小聲說道，緊緊握住了祁雲菲的手。

「嚇……嚇死我了。」祁雲菲長長出了一口氣。

香竹眼睛亮晶晶的。「奴婢也被您嚇到了。」

祁雲菲抿唇一笑。雖然仍舊抖著，可一想到定國公府眾人的臉色，又覺得很爽快。

她早就想這麼幹了。

如今，就等著柔姨娘過來了。

# 第二十七章

沒過多久，柔姨娘來了。

看著熟悉的身影，祁雲菲站起身，眼眶一下子紅起來。

雖然柔姨娘身分低，幫不了她的忙，還常常不理解她，可柔姨娘才是她在這個世界上最親的親人。不管這輩子還是上輩子，她都想要好好保護柔姨娘。

柔姨娘看到穿著華服的女兒，眼睛也紅了。

前幾日，她被羅氏關起來。祁雲菲要入靜王府，她想送送她，可羅氏沒有答應。

這些天，她吃不好、睡不好，時常擔心女兒，孰料剛剛聽羅氏說，女兒成了睿王的正妃。

對柔姨娘而言，定國公已經是掌管生死之人，睿王更是遙不可及，真沒想到女兒能有這樣的造化。

看著祁雲菲氣色紅潤，頭上插滿珍貴珠釵，柔姨娘覺得，這輩子最擔心的事，終於可以放下了。女兒嫁得好人家，一生不用愁了。

「姨娘……」祁雲菲哽咽出聲。

「見過王妃。」柔姨娘想要行禮。
祁雲菲怎會讓柔姨娘向她行禮，快步過去，抱住了柔姨娘。
柔姨娘本想掙脫，可祁雲菲抱得太緊，感受到女兒的心情，便也緊緊抱住她。
抱著抱著，母女倆哭了起來。
許久之後，兩個人才平靜下來。
香竹抹淚，把兩條帕子遞過去。
祁雲菲接了，問柔姨娘。「姨娘，您這幾日過得好不好？大伯母有沒有不給您飯吃、不給您水喝？」
柔姨娘笑笑。「妳大伯母不是那樣的人，我不過是被關起來，吃得好，睡得好。」
祁雲菲想起前世的事，羅氏就是那樣的人，而且更過分。
「那他們可有打罵您？」
「那就更不可能了。」
雖然柔姨娘這麼說，祁雲菲還是不信，捋起柔姨娘的袖子看了看，見胳膊上沒什麼傷痕，這才放心了些。
「四姑娘，真的沒事，國公夫人沒有苛待我。」柔姨娘放下袖子。
「怎麼沒有苛待您？瞧瞧，您的臉色都不如從前好看了。」祁雲菲打量著柔姨娘蠟黃的臉色，不滿地說：「他們憑什麼關著您？」

說著說著，祁雲菲又開始自責。「都怪我，若不是我行事魯莽，也不至於被大伯母發現。但這是我的錯，他們為何把您關起來？」

柔姨娘蹙起秀眉，握握女兒的手。

「四姑娘，妳可別這麼說，國公夫人是為妳好。要不是國公夫人發現，我都不知道妳存了這樣的心思，還想帶著我一起逃跑，真不知妳到底怎麼想的。定國公府的門第，在整個京城是數一數二，能待在府裡，是咱們的榮幸，多少人盼都盼不來呢。」

祁雲菲抿唇，思索前世種種，又想起剛剛眾人的嘴臉，憋了許久，道：「那也得有命享受才行。定國公府看著是高門大戶，內裡卻髒透了。」

柔姨娘眉頭蹙得更深，不悅地說：「四姑娘，妳到底是怎麼了？去年秋天，我就覺得妳不太對勁，天天往外面跑不說，還淨說些奇奇怪怪的話。妳怎麼不想想，如果妳逃跑了，不再是定國公府的姑娘，睿王這門親事，也輪不到妳。」

「女兒寧願不要這門親事，只想跟姨娘一起去找舅舅。」這是她重生以來最深的執念，想帶著柔姨娘一起逃。可惜，被定國公府的人發現，計劃根本沒能成功。

柔姨娘被祁雲菲的話嚇了一跳，連忙看向外頭，生怕這些話被守在門口的侍女聽到了，忙摀住女兒的嘴，小聲道：「快住嘴！」

被柔姨娘這麼一說，祁雲菲也發現自己說錯話。如今這局面，已經不是她能掌控得了的。

她嫁給衛岑瀾，衛岑瀾又待她極好，等到他被貶出京城，她就能自由自在地活著。她不用逃，也無須再逃，只是剛剛激動，才說錯了話。

柔姨娘見她冷靜下來，放開了手，但想到她的處境，有些擔心，猶豫一下，又問：「王爺待妳不好嗎？」

祁雲菲抬頭看柔姨娘，瞧見她眼中的關心之色，搖搖頭。「不是，他待我極好。」

柔姨娘聽了，再看她微紅的臉頰，鬆了口氣，笑著說：「嗯，王爺待妳好，姨娘就放心了。」

想到衛岑瀾，祁雲菲有些不好意思。他待她怎會不好呢，這世上，恐怕沒人能幫她更多了。

看著女兒害羞的臉，想到剛剛羅氏以及李氏說過的話，柔姨娘心頭一沈，琢磨一下，道：「不過，妳能有此機緣，全靠定國公府。若是沒有定國公府，沒有大姑娘，以妳的身分，不可能成為睿王的正妃。」

祁雲菲聞言，臉上的緋紅漸漸褪去，抬眼看她。

柔姨娘繼續說道：「所以，以後妳要好好報答定國公府。如今大姑娘因為妳變得這麼慘，妳可得在王爺面前替她求求情，讓她趕緊回京。

「還有，大姑娘身分高，怎能只當個侍妾，即便不能成為靜王正妃，側妃也使得。妳們同出定國公府，她好了，對妳也是好事。這些事情，妳都要放在心上。」

「姨娘……」祁雲菲怔怔開口。「您在說什麼呢？您是不是不知道這兩日發生的事，也不知道女兒為何成為了睿王正妃？」

「我知道，大夫人跟我說了，是大姑娘讓人迷暈妳，把妳送進去睿王府的花轎。」

祁雲菲不解地問：「既然知道，那您為何還讓我這般幫著大姊姊？」

前世，柔姨娘可從來不會這樣。定國公府要柔姨娘勸她，柔姨娘很少答應，信上也不提，只讓她好好伺候靜王。

如今到底怎麼了？

柔姨娘見女兒沒答應，眼神中流露出一絲難過。

「妳怎麼這樣不懂事了呢？剛剛妳大伯母來找我，我還以為是她們多心，說妳成了睿王妃，就不把定國公府放在眼裡。如今看來，確實如此。妳怎麼變成這個樣子？」

祁雲菲想反駁，卻突然明白了。

前世，定國公府的人對柔姨娘非常糟糕，態度凶惡，逼著她做事。但聽柔姨娘的語氣，剛才大伯母肯定對她很好。

還有，今生她也變了，沒那麼軟弱，強勢了些，結果柔姨娘還以為她撞邪了。

柔姨娘這是不信她，懷疑她了。

不過，她終歸是柔姨娘的女兒，了解親娘的性子，平復心情，慢慢把事情說清楚。

「姨娘，不是我不幫，而是大姊姊想害死我。」

柔姨娘很驚訝。「大姑娘想害死妳？這怎麼可能，大姑娘人很好的。雖然她常常欺負妳，但成親那日，她沒把二姑娘送上睿王府的花轎，而是把妳送上去。可見，她待妳比待二姑娘好，把這麼好的親事留給妳。」

祁雲菲嘆氣，忍住心中的憤怒，柔聲說道：「大姊姊不是對我好，之所以把我送上睿王府的花轎，是因為我身分低，真的出了事，沒人護著我。」

「這不可能……」柔姨娘仍舊不信。畢竟現在女兒可是高高在上的睿王妃。

祁雲菲深深吸了幾口氣，才繼續說：「昨日一早，女兒跟睿王進宮，當時靜王也在，跟皇上說，是女兒貪慕榮華富貴，迷暈大姊姊，跟大姊姊交換了親事，要讓皇上賜女兒白綾。

「不僅如此，大伯母也到皇后面前告狀，說一切都是女兒所為，要懲罰女兒。」

柔姨娘嚇壞了，喃喃道：「可她們……不是這麼跟我說的，妳會不會搞錯了？」

祁雲菲勾起一絲諷刺的笑。「她們是不是說大姊姊愛慕靜王，想入靜王府。又覺得女兒可憐，想讓女兒過得好些，所以跟女兒交換親事？」

柔姨娘點頭。

「如果您不信女兒的話，等會兒女兒讓王爺當著大伯的面，跟您說清楚。昨日大伯也去宮裡了，他也知曉所有的事情。」

柔姨娘怔怔看著女兒，搖搖頭。「也……也不必。」

「姨娘，您怎麼不想想，大姊姊平日就喜歡欺負我，怎麼可能會喜歡我？我不過是跟她穿同樣的衣裳，她都要冷嘲熱諷；去請安時，還要為她端茶倒水。這樣的人，有可能幫我嗎？」

香竹一直守在一旁，這會兒見柔姨娘發呆，怕她不信祁雲菲的話，趕緊道：「姨娘，王妃說的都是真的。昨日一早，奴婢就被大姑娘關起來了。」

柔姨娘看了香竹一眼。

其實，柔姨娘不是不相信祁雲菲。她還是分得清親疏的，只是有些難以接受。

祁雲菲打量柔姨娘的神色，接著說：「姨娘，睿王位高權重，豈是能被輕易糊弄之人？見自己的正妃被換掉了，不發火才怪。而這怒火，自然是要發在替換之人身上。大伯母口口聲聲跟您說，大姊姊是為了我好，可她哪裡真的為我好了？」

聽到這話，柔姨娘終於回過神來，神色緊張，抓著女兒的胳膊問：「王爺可是懲罰妳了？妳有沒有受傷？有哪裡不舒服？快跟姨娘說。」
說到底，柔姨娘雖然愚昧又極易受人蠱惑，但還是更關心自己的女兒。
祁雲菲說：「女兒沒事。幸虧女兒之前就認識睿王，而睿王不是是非不分之人。」
柔姨娘鬆了一口氣。
祁雲菲知道，柔姨娘相信她了。
「大姊姊的親事，是皇上賜婚，她違抗聖旨，可是殺頭之罪。皇上罰她去皇陵一月，讓她這輩子不能為妃，已是開恩。我不好去幫她求情，還……」
祁雲菲話還沒說完，就被柔姨娘打斷了。
柔姨娘拍拍她，臉上的表情很是嚴肅。
「不，是姨娘錯了，妳千萬別找睿王求情。大姑娘既然想害死妳，那她是生是死，都跟妳無關。她寧願做靜王的妾，也不願當睿王正妃，這是把睿王的臉面放在地上踩。「男人最好面子，妳別在睿王面前提這些。他丟了面子，不高興，怕是會打妳。」
雖然祁雲菲知道衛岑瀾不會如此，但見柔姨娘相信她，還是覺得非常欣慰。
「姨娘，您放心好了，睿王不是那樣的人。」
柔姨娘似是想到了祁三爺，嘆了口氣。「不管他是不是，總之，妳不要在他面前提起大姑娘。」

「嗯，女兒記住了。」

說完這些，祁雲菲想了想，道：「姨娘，大姊姊做出這樣的事，大伯母還騙您，讓您來勸女兒，可見他們都不安好心。父親又常喝醉打您，不如，您跟女兒一起走吧？」

柔姨娘聽了，立時呆住，不知該說什麼好了。

——未完，待續，請看文創風853《菲來鴻福》下

溫暖樸實、節奏輕快／夏言

# 菲來鴻福 上

國家圖書館出版品預行編目資料

菲來鴻福 / 夏言著. --
初版. -- 臺北市 : 狗屋, 2020.06
冊 ; 公分. --（文創風）
ISBN 978-986-509-109-5（上冊 : 平裝）. --

857.7　　109005619

| | |
|---|---|
| 著作者 | 夏言 |
| 編輯 | 安愉 |
| 校對 | 沈毓萍 |
| 發行所 | 狗屋出版社有限公司 |
| 地址 | 台北市104中山區龍江路71巷15號1樓 |
| 電話 | 02-2776-5889～0 |
| 發行字號 | 局版台業字845號 |
| 法律顧問 | 蕭雄淋律師 |
| 總經銷 | 知遠文化事業有限公司 |
| 電話 | 02-2664-8800 |
| 初版 | 2020年6月 |
| 國際書碼 | ISBN-13　978-986-509-109-5 |

本著作物由北京晉江原創網絡科技有限公司授權出版

定價250元

狗屋劃撥帳號：19001626

網址：love.doghouse.com.tw　E-mail：love@doghouse.com.tw